心の書棚

下

信濃毎日新聞コラム「今日の視角」から

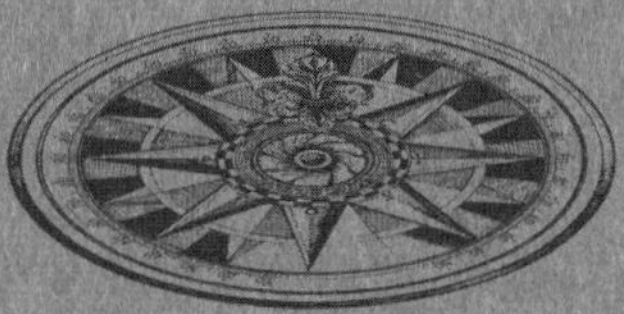

小倉 和夫

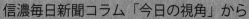

心の書棚

信濃毎日新聞コラム「今日の視角」から　下

目次

第一章　文化談義　Ⅰ　《映画・演劇の世界》

第二章　文化談義　Ⅱ　《音楽の世界》

第三章　文化談義　Ⅲ　《美術の世界》

第四章　文化談義　Ⅳ《文学の世界》

第五章　食物、飲物、食文化

第六章　スポーツ談義

第七章　動物よもやま話

第十一章　様々のお国柄と国際的視点

Ⅱ《二〇一四―二〇二三》

本書は、二〇〇四年（平成一六年）一〇月一八日から二〇二三年（令和五年）九月二五日までの間、毎週一回、著者が信濃毎日新聞夕刊一面のコラム『今日の視角』に寄稿した全八百五十八編の中から抜粋し、話題に応じてカテゴリーに振り分けたものです。

各編の末尾カッコ内にある数字は、紙面掲載の年・月・日です。

第一章　文化談義　I

《映画・演劇の世界》

「私の物語」と「他人の物語」

永遠の命を与えてくれる水を汲めると云う鷹の泉。その泉に奇跡の水を求めてさまよい来た王子。泉を守る女。王子に教えを諭す老人—アイルランドが生んだ世界的詩人イエーツの原作「鷹の井戸」は、日本の能に刺激を受けてイエーツが作った詩劇であり、この作品をいわば逆輸入した形で横道万里雄氏が新作能「鷹の泉」を作ったことは、よく知られている（もっとも、「鷹の泉」を多少変形した「鷹姫」という能のほうが上演頻度は高いようだ）。

この「鷹の泉」を、先日、能楽観世流の家元、観世清和氏の主宰する能楽観世座の上演で、久しぶりに鑑賞した。

鷹姫を演じた清和氏の舞は、人間の心にうずく情念の炎と誘惑の魔の手を優雅に、かつ華やかに表現していた。現実と夢の交錯した世界、或いは、人間の執念のつくり出す想像の世界が、舞台の上で鮮やかに「夢の如く」再現され、新作能の息吹がひしひしと伝わってきた。

他方、こうした新作能を見る度に感じることがある。それは、古典的能を見る時と新作能を見る時の、心の動きの違いである。

古典的能、例えば源氏物語や平家物語に題材をとった能を見る時、見る人の心と頭の中には、源氏物語の女性像や平家の公達《きんだち》の姿が既に存在している。それだけではない。古典にまつわる伝説や歴史的背景、さらには自分自身とのつながり（例えば、源頼政ゆかりの平等院の「扇の芝」の想い出）がいっぱい心につまっている。

こうした個人個人の心の内のものは、いわば「私の物語」であり、それが眼前の能舞台と二重写しになる。

ところが、新作能では慣れ親しんだ古典がないから、「私の物語」はなく、あくまで「他人の物語」が眼前に演出されるように感じられる。どこかによそよそしさが漂う。

古典と新作、伝統と現代―この二つを比較する時、人々はとかく、現代ものの方が、私たちに身近のものであり、古典は古く遠いものと思いがちだ。しかし、本当にそうであろうか。

幼いころから慣れ親しんできた古典や伝統こそ、実は「他人の物語」でなく「私の物語」の素材なのではなかろうか。

（2005・1・17）

未完成の劇の魅力

ベルリンの小さな劇場で、村上春樹の『羊をめぐる冒険』をドラマ化したものを見た。

ペンキの剝げた天井、ガタピシするドア、にわか作りの照明―劇場は薄汚れていた。そこに、老若男女百数十名が集まった。

耳飾りをした風体のあやしげな男、身だしなみのキチンとした老婆、ベンチに座ってじっと本に見入る中年男、そしてヘソのところを帯状に露出してジーパンのベルトをしっかり締めた若い娘たち。扉が開くと皆一様に席に殺到する。劇が始まる前から観客全体を包むある種の熱気があたりを包む。

劇の演出は、いたって現代的で、いささか演出過剰だった。早口のセリフ、ロック調の音楽、奇妙なダンス、そして舞台上を走り回る俳優たち、パンツ姿の男優、スクリーンに映し出されたビデオ、マイクと録音の効果的な使用、そして床に放射状にはられた蛍光灯。すべてが、ある種の退廃と荒漠な現代を表している。

そこには哀調とユーモアの潜んだ村上春樹特有の情感は見られない。ましていわんや日本的なものは一つもない。舞台が観客席の倍もあろうかという劇場で、俳優たちは自由に動き回り、観客は隅におしこまれているかのようだ。

一体これは何なのだろう。村上春樹もなければ、日本の文化の香りもなく、さりとて特にドイツ的なものもない。

羊をめぐる冒険—その時はっと思った。これ自体こそが一つの作品なのだ。われわれ観客と俳優と演出家たちが作り上げつつある作品なのだ。羊をめぐる冒険—それは私たちの冒険なのだ。

現代演劇―それは鑑賞するために存在するのではなく、参加するために存在する。現代演劇においては、観客も演者であり、劇中の人物なのだ。だからあらゆる現代演劇は未完成なのだ。その時、その時の観客の数と質によって演劇は変わってゆく。そこには未完成の混乱と当惑と魅力がある。

未完成の魅力と云えば、統一後のベルリンは未だ整備中で、完成された都市であるパリやロンドンと比べると、どこか未完成だ。そこにベルリンの魅力があるのかもしれぬ。

（2005・9・12）

女の命

楊貴妃、クレオパトラ、マリリン・モンロー―世の中で美女とうたわれて、人々の口に上る女性は、大体、悲劇的運命に見舞われている。悲劇の美女というイメージこそ、大衆的人気の鍵のように見える。

こうした美女の悲劇は、古今東西、ドラマや小説や映画の主題となってきた。その一つに能楽「楊貴妃」がある。

今は亡き楊貴妃の魂を訪ねて、冥界へ赴いた方士に、楊貴妃は、かつての伴侶・玄宗皇帝への贈り物として、身につけているかんざしを与える。

ここで、かんざしは、楊貴妃の美しさの象徴であるとともに、二人の恋の想い出の象徴となっている。だからこそ、能「楊貴妃」の最後の場面で、かんざしを外した楊貴妃のシテが作り物の冥界の宮殿の中に戻ると、シテの姿全体にわびしさが急に漂う。まさにかんざしは、女の美のシンボルだったことが強く感じられる。

舞台から目を一瞬移して能楽堂の内を見回すと、まげに結った髪に翡翠のかんざしをさし、中国服を着た若い女性が二人、前方の席にいるのが見えた。

「楊貴妃」とまではゆかずとも、宮女のような風情があった。昨今かんざしをつけた女性を見ることはあまりないので急に昔の世界に戻ったような幻想にとらわれた。

我に返って考えてみると、かんざしが美のシンボルであるためには、女性の髪と髪形が女の美しさを表すものという社会通念がなければならないと思った。事実、源氏物語以来、日本文学での女性の美のシンボルは美しい黒髪だった。

尼になって髪をそることの意味も黒髪の美あってこそのことだし、イスラム教徒の女性がスカーフで髪を覆ってしまうのも、女の美の象徴を隠すことに意味があったからだろう。

けれども今や髪の毛は茶髪になり、イスラム女性も「解放」されてきたとなると、現代における女性の美の象徴、女の命は何なのだろうか、何によって最も良く代表されるのだろうかと問いたくなる。

ひょっとすると、世界共通のものは、美しい声と美しい瞳なのかもしれない。いやいや、そういう外面にこだわってはいけない。女の命はやさしい心ですよ、と云われるだろうか。

（２００５・10・31）

小道具への気配り

日本の近代演劇運動に指導的役割を果たした文化人の一人、小山内薫原作の戯曲『息子』が久しぶりに東京築地の歌舞伎座で上演された。

イギリスの作家の戯曲を土台にして、新劇風に仕立てた小山内の原作は、便りのない息子の真面目な生き様を信じている父親と、実は身を持ちくずした当の息子との親子の人情が絡むだけにいかにも歌舞伎らしい雰囲気が濃い、演者の染五郎や歌六もなかなか味のある演技を見せてくれた。

然し、妙なところで真実味の出し方が忘れられているのが気になった。雪の夜に捕吏が火の番小屋に入ってきて、今までさしていた傘をたたみ、しばらく火にあたりながら無駄話をしてまた出てゆく時、傘を半分ほど覆う白い雪は、そのままになっているのだ。

小道具の傘の上に雪を散らした工夫はよいが、火にあたって帰る時の傘の上に雪があったのではさまにならない。このように小道具への些細な気配りの有無が、劇全体の雰囲気を傷つけてしまう。

現代演劇の演者のちょっとした仕草にも落とし穴がある。新国立劇場で上演された岸田国士原作の『動員挿話』を見ていると、出演している女優が、着物を着て座る際に裾さばきというか、座る際に女性が普通行う裾そろえをほとんどしないで座ったりしている。

裾がそれほど乱れていなくとも、一応そうした動作をやるところが、着物本来の身だしなみであるのに、そこが忘れられているため、女優の演技全体に真実味が迫ってこない。

このように、演者の些細な仕草や小道具の些細な部分が全体の印象を壊してしまうことが頻々とある。

政治でも昨今、小泉劇場などという言葉がはやるが、筋書きや俳優、そして演出ももとより重要だが、ちょっとした仕草や小道具への気配りも庶民の目線から見ると大切だ。

政治は大筋さえ良ければよいというわけにはゆかない。芝居の中の小道具や演劇の中のちょっとした仕草が全体に影響するように、政治の舞台でも一見些細に見える言動が、実は相当な衝撃を与えることはよくあることだ。そのあたりが演劇化した現代政治の難しいところではあるまいか。

（2005・11・21）

究極の映画

ベネチア映画祭で話題を呼んだ北野武監督の作品「TAKESHIS'（タケシズ）」が日本でも一般公開されている。北野監督自身が一人二役を務めるこの映画はビートたけしという芸能界のスターと、うだつの上がらぬ三文役者の北野との出会いに端を発する夢の世界と現実との複雑な交叉を描いた映画だ。

インタビュー記事の中で北野監督は、この映画は良いとか悪いとか素晴らしいとかつまらないとか云わずに、とにかく体感してほしい、と云っている。北野監督一流の、テレ隠しに似た逆説的コメントとも思えるが、案外この言葉に、現代映画の、否、現代芸術の本質がひそんでいるのかもしれない。

すなわち、現代の映画は観客が鑑賞したり、考えたり、感動するために作られているのではなく、観る人がそこに自分の一部を何となく感じ、外の世界と自己の世界の一瞬の重複という意味での「参加」を感じるために作られているという考え方だ。

監督ばかりではない。俳優ですらそれに近い考え方になっている気配がある。話題となった映画「ALWAYS　三丁目の夕日」などに出演した、現代日本の人気俳優の一人吉岡秀隆についても、彼の良さは、演技の巧さとか、強烈な個性といったものではなく、ただそこに自然に立っている、「芝居がかっていない」ところにある、という批評を聞く。

それが本当に吉岡の魅力ならば、現代の良き俳優とは、「芝居がかった」芸術性とは関係なく、観客をして、彼も私と同じであり何となく身近に感じる存在だと思わせれば、よいことになる。これこそ自己の重複であり、ある種の同一化という「参加」にほかならぬ。

しかし、それでは創造することを生命としてきた芸術の創造性はどこへ行ってしまうのであろうか。もしかすると、究極の映画とは観客一人一人が作る「私」という人間のドキュメンタリーになるのではないか。現に、個人がほとんど一人でパソコンを操って作った映画が結構人気を呼んでいるというから、現実は、そういう方向に流れているのかもしれない。

（2005・12・12）

文楽劇場と小泉劇場

久しぶりに文楽を見た。文楽の三大名作の一つと云われる「義経千本桜」の有名な鮨屋《すしや》の段が演目中の圧巻だった。

鮨屋で下働きをしている弥助、実は平維盛という劇的な展開、そして維盛とは知らずに弥助を慕う鮨屋の娘お里と維盛の妻若葉の内侍との愛の葛藤がからまったこの作品は、出てくる人形の数や動作のめまぐるしさをはじめ、観客をして舞台から目をそらさせない魅力に満ちている。

加えて鮨屋の娘が弥助恋しさのあまり褥《しとね》をともにすることを強要しようとし、男の黒い枕と女の赤い枕を少しずつ近寄らせる場面など、現代的感覚に近い演出がそこここに見られて興味深い。

そして、いつもながら文楽の醍醐味である「転換」―人形が生きた人間に観客の心の中で変わってゆくという転換―が今さらながら感慨深かった。観客たるわれわれは、人形があくまで人形であり、作り物であることを百も承知である。それを生身の感情を持つ人間に変えるのは人形遣いの技術だけではない。観客の想像力の賜物だ。われわれはわれわれ自身の作った想像の世界の中で人形を人間に変えるのだ。

想像の世界がいったんできると、人形が舞台から消えても、想像の世界はすぐには消えない。目をつぶっても僅かの間だけは、いわゆる残像現象によって、今まで見ていたものが一瞬残るように、人形になっている人物の心の動きや感情の流れは、人形が消えうせた後でも舞台の上に漂っているように思えた。

最近政治の舞台の上で「小泉劇場」という言葉が流行する。劇場という以上、役者と観客がいるはずだ。そして、その役者の中には人形のように誰かに操られている人もいるだろう。巧妙に操作されて政治的人形になった役者の演技を、観客たる国民が眺めてこれに感情移入しているようにもみえる。

しかしこうした政治的人形が舞台を去った後、果たして人々は感情の残像を舞台の上に感じるだろうか。平家物語の盛者必衰のように政治の舞台から消えるものは心を舞台の上に残さないものなのだろうか。


（２００６・６・12）

美しい退場

「踊り終わって退場するとき、そのときの後ろ姿で、この人は何年くらい踊りをやっているな、ということが分かります」

ある踊りのお師匠さんの言葉だ。たしかに、素人と玄人を分ける瞬間は、意外に、ああ終わったと緊張のとれる瞬間にあると言う。素人は、舞台での演技が終わると、ホッとして気が抜け、退場する時の姿や形にまで気を配ることができないし、またそれほど舞台慣れしていないからだ。

もっとも「退場」といっても、退場自体がもともと見せ場になっている時は別だ。例えば、歌舞伎の花道や能舞台の橋掛かりは、いわば見せ場の一つだから、退場するといっても、だれもそこで気を抜くようなことはない。

しかし、バレエや現代演劇で、何人かの踊り手や俳優が、いっせいに舞台の横へ退いて行くとき、その後ろ姿には、いつもどこか、しまりのなさを感じる場合が多い。演出者も俳優も踊り手も、入場のときの緊張のもりあげには工夫するようだが、退場の美しさの演出は、かならずしも巧くない人が多い。

退場のシーンは、いわば、演劇空間、言い換えれば想像の空間から、観客が、現実の空間にひきもどされる渡り廊下ではないか。そうとすれば、そここそ実は最も大切な演出の場面ではないのか。

舟に乗って退場する、回り舞台で消えて行く、いろいろな工夫もあろうが、たとえ、単純に歩いて舞台の横に退いてゆく場合でも、その後ろ姿、その歩き方に俳優がどこまで気を使っているかは、見ている方の観客には、意外とばっちり伝わってくるものだ。講演会や演説会やいろいろな式典でも、退場の仕方で全体の印象が随分と違ってくることがある。

政治の舞台からの引退には、よく花道だとか引き際の見事さといったことが語られるが、華やかな演出で退場するのはいまだ本来の演技を続けていることを意味しており、本当の引退の歩みとはいいかねる。

静かに消える、しかしその消え方には無限の味がある、そこが、政治の素人と玄人を分ける本当の意味での、引退の美学ではなかろうか。

そうすると本当の退場の味は、幕のうしろに入ってしまってからの態度に出てくるもので観客の目の届かないところにあるのかもしれない。


（2006・8・7）

真の名優

フランスのとある侯爵邸に役者が招かれる。取り次ぎに出た召し使いはワインを供しながら、役者に話しかける。侯爵はなかなか現れない。

しびれを切らした役者が帰ろうとすると、召し使いは突然衣装部屋に入って服を着がえ、実は自分こそ侯爵だと云う。その上で、役者に強制して侯爵自身が作った戯曲をその場で演じさせる。

その戯曲の主人公は、毒をあおいで死んで行くソクラテスであり、ソクラテスの死を目の前で演じさせる。その際侯爵は、さっき飲んだワインは実は毒が入っておりやがておまえは死ぬことになる、しかしもしソクラテスの役が巧く演じられたら解毒剤をやろうと云う。

役者は懸命に死に瀕したソクラテスを演ずる。うまくやったと、侯爵は役者に解毒剤をのませる。ところがその直後、侯爵は、実はワインには毒は入っておらず解毒剤こそが毒だったと云う。苦しみながら死んでゆく役者を凝視しながら侯爵は、これこそ迫真の演技にまさる真実のドラマだ。現実のドラマは演劇のドラマに勝ると叫ぶ。

スペイン、カタルーニャ自治州よりスペイン国立劇賞を獲得した作家ロドルフ・シレラ氏が書いた実験劇「演劇の毒薬」の粗筋である。

ここでは、古来からのテーマ、すなわち、演劇の中での現実の再現は、現実そのものをこえる迫真性を持ち得るのかというテーマがつきつけられている。

しかし、よく考えてみると、そもそも現実の世界において、われわれは本当に真実の自分でいるのだろうかという疑問につきあたる。

父親なり母親としての役割、あるいは店主なり農民なり医者としての役割を、われわれは常に意識して、その役割を「演技して」いないか。そうした幾多の役割を一つずつはがしてしまった時、われわれ一人一人は真実の自分と向きあっているだろうか。

演劇の中の「真実」は、現実の中の真実より迫真性がないというのなら、その現実の世界でわれわれは「演技」しているだけであり、その演技もすばらしいとは云い難いのではないか。現実の世界の名優は、演劇の名優より優れた役者だろうか。

（２００６・10・16）

現代舞踊と型

多くの踊りには「型」がある。

バレエには、バレエシューズの先で立ったり、足を上げたり、両手を広げて横に歩いたり、といろいろな型がある。日本舞踊は、まさに型の集成のように、次々と体の線や手と指がつくる「型」が演じられる。能の仕舞に至ってはまさに型そのもののようにさえ思える。

ところが現代舞踊（コンテンポラリーダンス）には型がない。

「極端な云い方をすれば、どんな型であっても、体を使って自ら表現するものはすべて現代舞踊です」――そう云い切ったのは、現代舞踊の全国ネットワークを苦心してつくり上げた佐東範一さんだ。

「そうすると、私がここにじっと立っているだけで現代舞踊になるのですか」とたずねると、

「いや、一人よがりの自己表現であってはだめです。見ている人がそこから何かを共感し、感じとり、感動することがなければコンテンポラリーダンスにはならない」と云うのだ。たしかに芸術であるからには、演ずる人が何かを訴え、見る人がそこから何かを感じなければならないだろう。舞踊も感情や考えのコミュニケーションの手段なのだ。

更に、現代舞踊にはある種の集団性があるのではないか。すなわち一人のこともあるが、しばしば複数の人々が踊り、見る人も多くの場合、多人数でいっせいに鑑賞する。そうなると、コミュニケーションは個人から個人へのコミュニケーションではなく、ある種の集団的共感や感情をどこまで分かちあえるかが問題となる。

能の仕舞のように演者は一人、見る人も数人でよいことになれば問題ないが、いつも演者と観客は微妙にからみあい、ある時は演者も観客の反応を生かし、またある時は、観客が演者とともに踊り出す—そうした相乗作用が現代舞踊の特徴なのではないか。

そうだとすると現代舞踊はいたって社会性、政治性のある行動となる。

かつて華やかな外交を表して、「会議は踊る」と云った人がいた。政治も外交も、ひょっとすると経済すらも実は誰かが演出し、皆が踊らされているとすれば、現代社会全体がコンテンポラリーダンスなのかもしれない。

（２００６・12・25）

人間と人形　その一

指使い人形、糸くり人形、棒人形—。中国の人形劇は、日本の文楽のようにまとまったものはないものの、いろいろな種類の人形劇が各地方に残っているようだ。その一つ、福建省の指使い人形劇団が来日したというので、のぞいてみる。

人形のめまぐるしい動きにまず驚かされる。激しい剣劇、浮気男をなぶる妻、そして皿回しから棒回しまで、サーカスそこのけの「曲技」を人形が披露してくれる。

中国特有の、ドラと金属楽器の激しい、かん高い音に合わせ、時折、京劇のような、独特の抑揚のある声が入ると、人形劇とはいっても、おもわず引き込まれる迫力がある。しかし、文楽のように、人形がまるで生きた人間であるかのような感情と心理を表現することはまずない。それだけに、どこか、いつも、人間社会を人形は風刺してあざ笑っているようなムードが漂っている。

たしかに、フランスのリヨンのギニョルと呼ばれる人形劇もそうだが、人形が、政治家や著名人をあてこすって皮肉なしぐさや表情をするのはよくあることだ。生きた人間がすると嫌みがでたり、かえってわざとらしいところが、人形であるだけに、見る人には自然に感じられるものだ。人形劇が時として政治的風刺に使われるのももっともだ。

加えて、もう一つ、日本と違うことがある。文楽では、人形遣いの大夫は、顔に表情を出さず、人間は、人形と同じような動作をしない。しかし、中国の人形遣いは、舞台の裏から出て来て人形のあやつりかたのデモンストレーションをするときは、表情やしぐさも、あたかも人形自身であるかのように、振る舞う。どこかで、人間と人形は融合している。人間が人形化している。他方日本では人形が人間化しているやに見える。

（2008・10・27）

暴虐と革命と芸術

「懺悔《ざんげ》」――。暴虐と破壊に満ちた独裁権力を行使した市長の恐怖の物語を、ムソリーニやヒトラーやスターリンとだぶらせながら描いた映画の題名だ。

ソ連時代にグルジアの巨匠アブラゼ監督によって作られたというこの映画は、単に、自由への芸術的叫びとか、スターリニズムへの反逆あるいは反省という意味をはるかに超えて、ある深刻な問題を現代人に問いかけている。

それは、「圧政や暴虐や非人間的取り扱いといったこと自体が、芸術的インスピレーションをわかすことがあるのか」という問題だ。

教育的効果とか歴史の記憶といった意味を超えて、「暴虐」は芸術作品に昇華しえるのであろうか。あるいは、それは見る人々の考え方や芸術鑑賞の完熟度によるというのだろうか。そう自問していたら、思わぬ出来事にぶつかった。貧農の娘が革命運動に身を投ずる物語、「紅色娘子軍」のバレエが、パリのオペラ座で公演されたというのだ。

このバレエは文化大革命の嵐のなかで、毛沢東夫人江青の指導の下に大きく宣伝され、一時は中国を訪問する外国人がかならずといってよいほど見せられたものだ。

それがパリもオペラ座で上演されたのは、いまや中国もすっかり変貌し、フランスの観客も、この革命劇を一種のアクロバットか、中国の異国風情のあらわれとして見る気持ちになったのであろうか。

今日、毛沢東の影像が、（中国本土ではないにしても外国では）現代美術の題材に自由に使われる時代になったことが象徴するように、階級闘争や祖国愛といった政治的目的のために作られた「芸術作品」も、今や全く違った角度から鑑賞されているのだろうか。

（2009・2・9）

真昼の決闘の教訓

「あなたの見た映画のうち、もっとも記憶に残っており、何遍見ても飽きない映画は、何か」そんな問いに、クリントン元大統領もブッシュ前大統領も小泉元首相も、期せずして、「真昼の決闘」と言ったと聞く。

悪党と戦おうとする保安官に、町の人々の支持はなく、保安官は、ただ一人、孤独な姿で悪漢たちと真昼の決闘を行う。ゲーリー・クーパーの苦み走った演技のせいもあってこの映画は一世を風靡した。なんでも、アメリカのホワイトハウスの映画上映室で、いままで、最も観賞された映画が、「真昼の決闘」だという。

この映画が、なぜそれほど長期間にわたってアメリカの人々を魅惑してきたかについては、いろいろな説がある。正義のためには、多数のしりごみする人々のためらいや反対をものともせず、一人、悪に戦いを挑む、孤独な戦士のイメージが、アメリカ人の共感を生むのだという見方もある。

そうかと思うと、そもそも、この映画は、実はハリウッドの進歩的人々を迫害しようとした政治的圧力に対する抵抗であり、議会民主主義のおちいりやすい多数の横暴に対する批判的精神がこめられており、それがアメリカ人に受けるのだという説もある。

いずれにせよ、この映画の根底に流れるものは、多くの人々の反対やためらいにもかかわらず、一人になっても正義のために立ち上がる人の重要さだ。

昨今の日本の政治状況を見ると、政治家も民衆も、世相や流行に迎合しすぎているような気がする。たった一人になっても、自己の信念にかけて真昼の決闘にでかける人がもう少しおり、また、そういう人を大切に思う市民がもう少しいてもよいのではないだろうか。

（２００９・３・９）

老武者に学ぶ

近頃の若い者は困ったものだ―年寄りは、いつの時代でもそうつぶやいて、若者の行動にまゆをひそめるのが、古今東西の慣《なら》わしだった。一方若者たちは、表向き老人を敬ったり、労《いたわ》ったりはするが、反逆は若者の特権とばかり、腹の底では、年寄りは保守的で困る、あれでは時代についてゆけぬ、などとばかにする気持ちを持つのがこれまた伝統的な傾向だった。

ところが、近年日本では、社会の老齢化と少子化に伴って若者たちは、案外おとなしくまたやさしくなって、年寄りを押しのけたりはしない。一方年配者も、いつまでも元気でいよう、若者にひけをとらないぞ、と意気込むだけに、若者に迎合して、若さを少しでも吸い取ろうとする。

しかし老若が平穏に歩み寄っているかのような今の状況は、果たして本当に健全なものなのだろうか。社会のダイナミズムを維持するためには、老人と若者の「けんか」もまた必要なのではなかろうか。

そのことをはっと思い知らされたのは、狂言の秘曲「老武者」だ。相模の国の官人が上品な稚児をつれてお忍びの鎌倉見物に来たのを聞きつけた、土地の若者と老人が競い合って稚児に会おうとし、あげくの果てには老武者たちと若者が小競り合いを演ずるという筋書きだ。

齢《よわい》八〇をこえる野村萬氏のシテの槍さばきも見事なものだったが、老武者と若者が遠慮なくけんかするところが、現代への教訓のように思えた。

年配者が若者に媚び、若者が年配者を妙にいたわるのではなく、まともに老若がぶつかりあってこそ、社会の新しいダイナミズムが生まれるのではなかろうか。

狂言「老武者」で、けんかした後になって老若双方が稚児を共にかついで、悦に入っているところを見ると、そんな気がしてくるのだが…。

（２０１１・２・７）

雨宿りの心

春は春雨、夏はさみだれ、秋は秋雨、そして冬の時雨。その上、夕立もあれば、ひさめから、雷雨、梅雨。日本の雨は季節感と結びついている。それだけに筍《たけのこ》梅雨だとか、卯の花腐《くだ》しや若葉雨といった風雅な表現まで存在する。

雨を見たり聞いたりしてその時々の季節感を味わうのは、やはり四季折々の区別がはっきりしている日本の風土と関係があるに違いない。

それに雨についての擬声語、擬態語も多い。シトシト、ジトジト、ポツポツ、ザアザアと数えてゆくと、はて英語ではどう訳すのかしらんと首をかしげるほどだ。

しかし、何といっても雨に関する風俗で一番心に響くのは「雨宿り」だ。

門前や店先、駅前やビルの陰などでの雨宿りは、偶然の出会いの場だ。しかも、雨が晴れるのを待つという一つの目的のせいで、奇妙な一体感が生じてくる。それに、天を仰ぎ、雨音を聞いているうちに、雨と人間の間に微妙なコミュニケーションが成立してくる。雨宿りは人間を自然に一層近く結びつける。

加えて雨宿りは、自分をふと見つめるよい機会だ。自分は何をしているのだろう、今あの人は何をしているだろうか—本当はそんなことを思うのが雨宿りの良いところなのだが、今は、携帯電話の発達でケータイとにらめっこばかりしている人が多いのはいささか残念だ。

そんなことを考えたのも、最近井上ひさしの傑作戯曲「雨」を見たからかもしれぬ。この戯曲でも雨は偶然の出会いを演出し、人間の運命を変え、自分を見つめ直す機会を与えている。

偶然の出会いを大事にし、また、ふと自分を見つめ直す静かな時間を大切にし、さらに、自然との一体感をかみしめるためにも雨宿りの心の復権をとなえたいのだが。


（2011・6・27）

落語の「落ち」

落語は、お笑いであり、お話であることは誰しも異存はあるまい。一席お笑いを申し上げますという表現や、はなし家という言葉の存在もまさに落語の本質を象徴している。

もっとも昨今は、英語落語や中国語、韓国語で落語を演ずる人も登場しているようだから、落語の本質は何かは案外難しい問題かもしれぬ。それに昨今、落語を聞いているといささか、オヤと思うことが結構あり、そんなことから、あらためて落語とは何ぞやと自問するようになった。

昨今の落語というのはもちろん古典落語のことではない。熊さん、八っつぁん、長屋の大家さんだの大だなの番頭さんだのが登場する落語のことではない。最近の話題や世情をとり入れたいわば新作落語である。

こうした「新しい」落語は聞いていると、どこか違和感がある。何故だろうか。

一つには物語性があまりなく、コマ切れ、マンガ的で一貫した「筋」の流れがない。またキャラクターというか登場人物の性格描写にあまり「味」がない。長屋の人の人情とか、大家の心情といった、ある種のはまり役や定番の味つけがないせいかもしれない。

それに、最近の落語は観客の笑いを誘うことに熱中しているように見え、観客もじっくり話を聞くというよりもゲラゲラ笑うために落語を聞きに来ているような風情だ。

落語は「話芸」から、笑いの演芸になり、味のあるはなし家よりも、機転の利く早いギャグをとばす漫才風の芸人がもてはやされるような勢いだ。古典落語の格調がこうして「落ち」ていくのだとしたら悲しいことだ。

ここにも伝統と現代の相克があるのだろうか。それとも落語の本質が今や一層問われているということなのだろうか。

（2011・9・12）

仮面劇雑感

静かなたたずまいと歴史の香りに充ちた韓国の古都慶州で久しぶりにタルチュム（仮面劇）を見た。

タルチュムには、鬼の面、おぼこ娘の面、悪代官を思わせる面など、いろいろな仮面が出てくるが、いずれも素朴で、どこかこっけいな面が多い。

それもそのはず、タルチュムでは、お面は何度か用いた後は、厄払いの儀式を行って燃やしてしまうという伝統があったらしく、日本の能面のように一流の工芸品を作り上げて何百年も保存するという伝統はなかったようだ。

それにタルチュムの劇の筋書きは、ほとんど一種の厄払いか、さもなくば支配階級たる両班《ヤンパン》へのあてこすりと反発の物語であったり、かくれた抗議の表現である場合が多い。

言ってみれば、仮面は人間の内面の悪やへつらいや偽善を隠したり、またそれを象徴しているのかもしれぬ。しかし、仮面をかぶって踊る人間は悪の仮面をかぶって悪を払い、また支配階級の悪役をなじるわけだから、仮面は実は真実をあばき、これを告発するための手段となっているともいえる。

現代社会の政治が次第次第に「劇場化」している昨今、そこの「演者」たちも実は仮面をかぶることが多くなってきているのではないか。ただその仮面は真実を隠す仮面か、それともそれを実は暴露するための手段なのか、そこのところは必ずしも明確ではない。

むしろ問題は、仮面の裏にまた一つ、別の仮面があり、そしてそのまた奥にまた一つの仮面があるようにも見えるところではないか。

そう考えると仮面は他人の悪を暴くためではなく、さりとて自分をかくすためのものでもなく、実は、真実の自分を、少なくとも自分にだけは偽らないための手段になり得ると考えられないだろうか。

（2011・10・17）

「さくら」の功罪

「さくら」というと、近年は、お祭りの露店などで、お客を装って他の客を呼び込む者を想像する人が多いだろう。しかし、一昔前までは、歌舞伎などで、大向こうから「何々屋」と威勢よく俳優の屋号を叫んで場をもり立てる人をそう呼んだものだ。英語でも、劇場で雇われて、良い場面で拍手などをする人をクラック（CLAQUE）と呼ぶが、辞書を引くと「さくら」となっている。

いまも、歌舞伎座などでは、セミプロの「大向こう」もいるようだし、浅草あたりの掛け小屋へ行くと、観客が、いいところで掛け声をあげている。しかし、普通の劇場で、「さくら」の声を聞くのは稀ではないだろうか。むしろ、ロックコンサートのように、観客全体が別次元の「さくら」になっている気配も感じられる。

一体演劇における「さくら」の役割は何なのだろうか。「さくら」の叫び声を、劇場の俳優たちは意気に感じて、それが名演技に通じているのか。

そんな疑問をふと感じたのは、ロシアのボリショイ劇場に出演したある俳優が、「さくら」の排除を要求したという話を聞いたからだ。演技の途中に「さくら」の声が響くのは集中力をそぐことになっていやだということもあるらしい。

オペラでよく、ブラヴォー（または女性の場合ブラーヴァ）という声が響くことがあるが、これは、俳優その人への掛け声というより、歌声への賛嘆の声だから、拍手のようなもので、歌手がそれをいやがるとは思えないが、演劇ではどうなのだろうか。

他方、そもそも「さくら」は、俳優のためというより観客のためであり、観客の心を一つにする触媒であると考えれば、「さくら」の功罪を議論するまでもないかもしれぬ。

（2013・9・2）

劇場の作法と心得

作法とか心得という言葉は、昨今あまり流行らないようだ。堅苦しいことは厭だという人が増え、また、形式張らないことこそ人間味のある接し方だという考え方が広まっているせいもあろう。しかし、多くの人が集まるところでは、一定の作法、礼儀、心得が必要だ。そうでなければ、結局皆が迷惑することになる。その一例は、劇場だ。

そもそも、コートや外套などを、クロークにあずけず、手に持ったまま音楽や劇を鑑賞するのは、音響効果に影響しかねないこともあって、心得違いとされるが、意外とこうした心得を守らない人が多い。

また、席に座ろうとして、すでに座っている人の前を通るとき、舞台の方を向いたまま（すなわち、既に座っている客に対してお尻を向けて）通りすぎることは、日本ではよく見かける風景だが、北欧あたりでは、非常に失礼な行為とされる。

公演中に身を乗り出している人を見かけることがあるが、後ろの席の者にとっては、視界がそれだけ遮られて迷惑千万である。さらに、拍手の仕方の問題がある。何にでも拍手したがるのが、最近の風潮だが、余韻を大事にする能楽などでは、拍手のタイミングや仕方は、よほど注意しないと折角の余韻をこわしてしまう。

能楽ばかりではない。クラシック音楽で、楽章と楽章の間で拍手をしないのも、そこにある種の音楽感情の流れを大事にしようという配慮があるからではないか。

オペラでも、ワーグナー最晩年の作品「パルジファル」では、ワーグナー自身の望みであるという、いささか怪しげな言い伝えもあって、公演が終わっても拍手しない時代があったようだ。劇場の心得は、「心の拍手」を大事にするためにも必要だろう。


（2014・12・15）

人間と人形　その二

ネット上に、立派な経歴と可愛い顔つきの恋人を作り上げて、その「人形」にメールを出すというゲームが、一時韓国で流行ったことがあった。今、タイでは、天使の子となづけられた人形がヒット商品となっているらしい。

何でも、この人形を幸運の守り神にしたて、寺院の僧侶が「祈禱」をしたり、あるいは、人形を連れ歩く人のために、料理店が「人形席」を設けたりするなど、人形騒ぎがおきているという。

日本では、平安時代には、雛あそびがあり、貴族達が自分の生活を雛に真似させて遊んだりしており、源氏物語の「末摘花《すえつむはな》」にもそのことが語られている。ここでも、人形は人間の代わりになり、疑似体験の道具となっている。

オペラ「ホフマン物語」には、人間そっくりの機械人形オランピアが登場する。詩人ホフマンは、オランピアに幻惑されるが、ここでは、オランピアの正体を知っている観客とそれを知らないでオランピアの魅力に酔うホフマン、そして、どこかぎこちなく体をうごかすオランピア役の演者という、ある種の奇妙な三重奏が繰り広げられる。

文楽の景清《かげきよ》の日向島の段では、人形劇ゆえの強烈な場面がある。源氏の栄える世の姿を見たくないと、自ら目をえぐって盲目となった平家の勇将景清が、はるばる日向の国まで訪ねてきた娘の姿を一目みたいとの思いにかられて、思わず目を押し開く。その瞬間、両眼《め》をくりぬいた真っ赤な痕が現れるという場面だ。ここでは、生身の人間ではできないような形で、人形が人間心理の奥底を表現している。

人形は、人を楽しませ、人をたぶらかし、また人にはいえぬ人間の悩みを代弁する。デパートに飾られた雛人形を見ながら、人間と人形の関係をあらためて考えさせられた。

（2016・2・15）

笑いと涙

能には悲哀、祟《たた》り、恨みなど、涙の源になる場面や物語はあっても、笑いはない。通常演じられる二百番ほどの曲をざっと見ても、謡本のなかに笑いがはっきり出てくるのは、「三笑」くらいであろう。

この曲では、虎渓《こけい》という山深い地で修行し、そこから一歩も出ないことにしていた禅僧が、二人の友人の訪問をうけて興に乗り、うっかり虎渓の外に出てしまい、三人そろって笑い興じる。この筋書きは、中国の故事、いわゆる「虎渓三笑」を源としており、この故事自体は人口に膾炙《かいしゃ》している。

他方、能と同時に演じられることの多い狂言は、笑いを身上としており、悲嘆や詠嘆の物語はまずない。ところが、狂言にも「川上」と題する悲哀の物語がある。ここでは、盲目の男がお地蔵さんの「霊験」で眼が見えるようになるが、妻と別れなければ、また眼が見えなくなると言われる。しかし、男は、仮令《たとえ》盲目に戻るとも妻と一緒にいたいと、その道を選ぶ。このように、狂言「川上」は、悲劇的とも言える筋書きとなっており、笑いはない。

先週、東京の国立能楽堂でこの珍しい狂言が演じられた。それも、演者は「日本ろう者劇団」の俳優たち。聾唖《ろうあ》の人が専門の狂言師の指導をうけて演じたのだが、簾《すだれ》の裏側で台詞をのべる狂言師たちの声と、舞台上の俳優の動作がほとんどピタリと合っていたのは驚きであった。
しかも、この狂言は盲人を主人公としており、その役を聾唖の俳優が演じるところに二重の「障害」があるだけに、二重の「味」があった。そこには悲壮さはなく、むしろ、悲しみと裏ににじむ笑いとが微妙に交じり合っているムードが出ており、狂言の奥深さが感じられた。そもそも、現実の人生では涙と笑いは裏表で結ばれているのではあるまいか。

（2017・1・30）

オペラの黄昏？

ワーグナーのオペラ「神々の黄昏《たそがれ》」は、「ニーベルングの指輪」の最終章で、これだけ上演しても五時間近くかかる大曲だ。

力は強いがあまり利口ではない勇士ジークフリートが、あるときは権力、あるときは愛の象徴ともいえる指輪の争奪にまきこまれ、結局陰謀にかかって恋人を失い、命まで落とす羽目になる結末は、この歌曲（ワーグナー自身によれば「楽曲」）のいくつかのアリアや旋律とともに知る人ぞ知るものとなっている。

最近、このオペラが、東京の新国立劇場で上演された。ところが、中世の騎士は、ジーパンに近い服装で登場し、美女は、灰色のズボン姿であらわれる。しかも、舞台装置は、華麗な作り物は全くなく、また舞台上に映像が投射されるなど、超現代的雰囲気に満ちていた。伝統的なワーグナーの歌曲らしさやヨーロッパオペラの雰囲気は、音楽とドイツ語のセリフだけといってもよかった。

思い出すのは、数年前、この劇場の運営方針を議論する会合で、著名な実業家であり、自身音楽家でもあった人物が、オペラの演出についてコメントしたことだ。

「ヨーロッパの本場で、ワーグナーを超現代的演出で上演することは、観客が伝統的演出をよく見知っているからこそ意味がある。日本でも、蝶々夫人のようによく上演されるオペラの演出に超現代タッチがあってもよいだろうが、ワーグナーの曲のように、あまり日本で上演頻度がない作品を、日本人の観客の前で、極端に現代風の演出をしてみせるのはオペラのありかたとしてはよく考えるべきだ」と言ったのだ。

華麗で、伝統にそった演出や舞台装置によるオペラは、いまや、黄昏を迎えているのだろうか。それとも、そう思う人々が、人生の黄昏を迎えているにすぎないのであろうか。

（２０１７・11・６）

教育劇の意義

ナチスの迫害をのがれて北欧へ亡命、後に東ドイツで活躍した世界的劇作家ブレヒト原作の演劇が、最近松本市の「信毎メディアガーデン」で上演されたかと思えば、別の作品が、モスクワに本拠をおく劇団により、ロンドンで演じられたと聞く。

ブレヒトは長年にわたって、教育劇（または教材劇）の作品を次々と発表したが、かなりの数の作品における中心テーマは、個人と共同体との関係の問題、すなわち、いかに「個」を克服して共同体の理念や規律に服するかという問題だった。

そこでは、演劇は、娯楽よりも、むしろ啓蒙活動の一環という要素が強かった。したがって、ブレヒトの劇は学校でよく上演され、また、観客の感情を高ぶらせるのではなく、叙事詩のような客観的な筋を持つものが多い。しかも、「教育」効果は、観客だけではなく、演者にも及ぶとブレヒトは考えた。だからこそブレヒトは、演者と観客との間の「距離」を克服しようとした。

これら全てのせいか、ブレヒトは日本の能楽に興味を持ち、（修験者の修行とそれに参加した少年の葛藤を描いた）能「谷行」を土台にした作品「ヤーザーガー（イエスマン）」を書いた。この作品は、後に書き換えられたり、異なる筋書きの作品「ナインザーガー（ノーマン）」

に転換されたりしたが、いずれの場合も、能「谷行」と同じく、厳しい掟を持つ共同体の活動のなかで、個人の自立がどのように処理されるのかという点がテーマとなっている。

今日、多くの演劇は娯楽化し、社会啓発を中心とするものは比較的少ない。また、人気俳優がもてはやされる結果、観客と演者の距離は、実は遠のきつつある。

個人主義がはやる現在、個人と共同体との関係を問い直し、真の演劇のありかたを説いたブレヒトを再評価してよかろう。

（２０１９・２・25）

松本市の信毎メディアガーデンで上演された「Mann ist Mann（マンイストマン）」の一場面。ブレヒトの原作を串田和美さん（手前右）が脚色、演出。客席最前列のテーブル席では、客が料理や酒を味わいながら観劇を楽しんだ＝2019年2月9日付・信濃毎日新聞1面掲載（46ページ「教育劇の意義」参照）

第二章　文化談義　Ⅱ

《音楽の世界》

四人のマダム・バタフライ

アメリカで一番知られている日本の女性は誰か。

今ではひょっとするとアメリカで大ヒットした「千と千尋の神隠し」の千尋かもしれないが、それまでずっとマダム・バタフライであったと言ってよい。

プッチーニのオペラ「マダム・バタフライ（蝶々夫人）」の中で、蝶々夫人は海軍士官のピンカートンの愛人となり、子供までもうけながら男に捨てられ、最後は女の意地を通して自決するという筋書きになっているが、このオペラの主人公は言わば日本婦人の代名詞のようになって世界中の人々に知られている。

しかし、このオペラは、実はジョン・ルーサー・ロングというアメリカの作家が書いた同名の小説に基づいている。しかも、この小説は、フランスの海軍士官で、かつ作家であったジュリアン・ビオー、筆名ピエール・ロチの小説『お菊さん（マダム・クリザンテーム）』を下地にしている。さらに、この『お菊さん』は、ロチが長崎に滞在していた頃に馴染みであった愛人、お兼さんをモデルとしている。

従って、マダム・バタフライは実は四人いると言ってもよいわけだ。面白いことに、この四人の女性、特に後の三人は各々少しずつその気質が違う。

オペラと小説は大筋において似ており、蝶々夫人はピンカートンの節操のなさへの抗議の意思をこめて自刃する。しかしロチの小説の「お菊さん」は、男から手切れ金を受け取り、しかもそれが贋金《にせがね》かどうか確かめるほど、したたかな女として描かれている。そして、実在した「お兼さん」は、ロチの日記によれば、悲しげに、しかし落ち着いて別れを惜しんだという。

こう見ると、この三つの別れ方は、いずれ劣らず如何にも日本女性の芯の強さを暗示していることが判る。一見なよなよとし、人形のように可愛いらしく頼りなげに見えた日本女性が、実は内部に強い芯をもっていたことが隠されているわけだ。

四人のマダム・バタフライの教訓は、「日本婦人は強い」ということではないか。現に私の知っている信濃の男性は、皆、「女性は強い」と言っている。

（２００４・10・25）

六人の椿姫

「私の愛するアルフレード、受けとってね、この私のポートレートを」――。そう言って死んでいくヴィオレッタ。

久しぶりにヴェルディのオペラ「ラ・トラヴィアータ（椿姫）」を新国立劇場で見た。オペラの最後のシーンを鑑賞しながら、あらためてオペラの源となった小説、デュマ・フィスの『椿姫』の終わりを想った。

恋人に自らの墓を暴かれ、みにくい骸骨をさらさなければならなかった小説『椿姫』の主人公マルグリットは、屈辱と絶望の中に死んでいった。

この小説が戯曲になり、さらに変型されてオペラになったわけだから、椿姫は三人いたことになる。ところがデュマ・フィスは、小説を書くにあたって、現実に自分の恋の相手であったマリー・デュプレシスをモデルにした。パリはモンマルトルの墓地にある花飾りのついたマリーの墓は、与謝野晶子はじめ日本の文人がよく訪れた場所だ。

加えて、ヴェルディは、オペラを作曲するにあたって、丁度ヴィオレッタのように奔放な男性遍歴の持ち主で、世間から白眼視されていた自分の恋人ジュゼピーナを頭に描いていたと言われる。

ヴィオレッタもマルグリットも、華やかなドミ・モンド（花柳界）の生活を送る身でありながら、またそれ故に世間の偏見と白い眼に耐えねばならなかったとすれば、最後には正式に妻として迎えた愛するジュゼピーナへの世間の仕打ちに対するヴェルディの怒りと哀感が、「ラ・トラヴィアータ」に流れているようにも思える。

このように、デュマ・フィス原作『椿姫』には、多くの人が自分の恋の体験を重ねた。横光利一の『旅愁』の主人公、矢代と千鶴子も、その例である。

してみると、実は六人目の「椿姫」がいるのではないか。それは、オペラを見る観客の心の中に宿る過去の恋の想い出の人としての「椿姫」である。オペラを見ながら観客は自らの過去の恋人の姿を二重写しに思い浮かべるのではないか。

その話をしたら、あるフランスの友人は言った。「そう。でも僕の心の中に残っている過去の恋人は、六人はいるね」と。


（２００４・12・13）

葬送の曲は恋の曲

パリの国立音楽院では、常時、数十名の日本人音楽家が修業を積んでいる。音楽と云うと、とかくウィーンを憶い出しがちだが、フランスの音楽教育は日本と相通ずるものがあるようで、パリ在住の日本人音楽家は意外と多い。

そうした音楽家たちを少しでもフランスの著名人に紹介しようと大使公邸でのコンサートを企画した時、音楽院で教えているピアニスト海老彰子さんが特に推薦してくれた人がいた。

新納《にいのう》洋介氏と云う若いピアニストで、二〇〇〇年に審査員の一致した意見で音楽院で一等賞をとった青年だった。その新納氏の東京でのコンサートで、ショパンのピアノソナタ第二番「葬送」を聴いた。繊細なタッチとダイナミックな若さの両方を感じさせる演奏だったが、ショパンがこの曲を作曲したブルゴーニュ地方のノアンに今でも残るジョルジュ・サンドの旧家のことが憶い出された。

曲の冒頭の部分は事実、田園の趣きを伝えているかのような響きがある。

人も知る如く、ジョルジュ・サンドとショパンとの激しい恋の共同生活は九年間で終わりを告げた。考えてみると、この「葬送」の調べは、ロシアとの戦いに敗れて亡国の運命をたどっていた故国、ポーランドへの哀悼と重なって、自らの恋の旅路の終局を予兆する響きだったのかもしれない。あるいはむしろ、それ以上に、ノアンの町を離れるや否やほとんど作曲のできなくなったショパンの、音楽家人生への葬送だったのかもしれぬ。

けれども、ショパンにしては珍しいソナタ形式の「葬送」は、良く聴いていると所々、激しい恋の熱情を思わせるような響きがこめられている。荘重な行進曲風の部分にはない、嵐のようなものが感じられるところがある。

これは「葬送」の曲ではない。むしろ、ジョルジュ・サンドとの恋を永遠のものにするための曲ではないのか。

ジョルジュ・サンドが遂にショパンの葬儀に顔を出さなかったのも、ショパンが葬送されたとたんに、実は二人の恋は、当人たちをこえて永遠のものになったからだったのかもしれない。「葬送」は恋を葬るのではなく、恋を永遠のものにする序曲だったのだ。

（２００５・９・26）

病院のコンサート

コンサートというと、ホール、公会堂、大学の講堂、それに最近ではホテルや美術館で催されることも多い。ところがつい最近、人間ドックへ入って検診中の病院でピアノコンサートがあった。しかも主催者は看護師組合と先輩たちである。

観客は、当然病院の患者、来診者、それに白衣の看護婦さんがほとんどだ。ステージの前には、点滴の袋を下げる背の高い器具が林立している。

声楽とピアノの公演が始まる前の口上も、携帯電話のことなど云わず、気分の悪い方や疲れた方は遠慮なく途中退席なさってください、といったものだ。

懐かしいエノケンの「恋は優し野辺の花よ」や「ベアトリ姐チャン」が軽快なピアノ演奏に乗って歌われると、エノケン特有の、ある種の哀歓と陽気さの混じった雰囲気がかもし出される。

病院だから、片方に看護婦さんたち、片方に患者さんたち。一方は若く元気で、一方は中高年の病と闘っている人たちだけに、観客層は真っ二つに分かれている。そうしたやや特異な雰囲気にも拘らず演者は淡々と演じているのがすがすがしい。

簡単なトークショーを挟んで、今年はモーツァルト生誕二五〇周年だからと、モーツァルトのオペラのうち「魔笛」と並んで有名な「フィガロの結婚」の一節が、日本語のこっけいなセリフで歌われる。

どこか大道芸か田舎芝居じみているところがちょっと鼻につき出したと思ったころ、今度は本格的なショパンの情熱的なピアノ練習曲「革命」とシューマンの甘い「トロイメライ」のピアノ演奏だ。場所柄モーツァルトもショパンもシューマンも、ヨーロッパの「気取り」やロマンを剝ぎ取られて、民謡でも聞かされているかのような、身近な存在に感じられた。

思えば、お医者さんは、ややもすると、患者にとっては、近くて実は遠い存在だ。クラシック音楽も、多くの人にとってなじみはあってもどこかバタ臭く、気取っている。その壁を破って、医者と患者を近づけるのが看護婦さんたちの隠れた役目だとしたら、モーツァルトを病院の患者の鼻歌並みに近づけたこの企画は、看護師組合の人たちの見事な演出といえるかもしれない。

（2006・3・6）

「蝶々夫人」と日米関係

最近米国へ旅行した際、プッチーニのオペラ『蝶々夫人（マダム・バタフライ）』を観た。世界的に著名な演出家ロバート・ウィルソンの演出は、日本の能舞台の感覚をふんだんに取り入れたもので、舞台装置はいたって簡単であり演者の動きも静かな、幻想の世界の人物を彷彿とさせるようなものだった。

米国国歌が歌われ、やがて君が代の一節が出てくるなど音楽とセリフはプッチーニの原作通りだが、帯を背中で上から下へまっすぐに下げた、宇宙服のような女性の衣装や封建時代の堅苦しさを象徴するような男性の黒い衣装など、舞台の上の人物は、非現実的世界の人物のように見えた。

蝶々夫人自身もデコルテ（正装ドレス）の長服のような衣装を着て、やや西洋風に結い上げた髪形をして登場し、日本的な情緒はほとんど感じられない。長崎とか日本とかいう地名は出てはくるが、舞台は日本ではなく、どこか遠い宇宙の先の星の世界のように見える。

オペラ『蝶々夫人』の演出はえてして奇妙な東洋情緒に彩られ、中国人か日本人かわからないような服装やだらしない着物の着方などが目に付く演出もあって、現代の日本人から見ると違和感を持つことが多い。それだけに能の象徴性を活用したウィルソンの演出は却ってすっきりとして見えた。

考えてみると、この物語の中心は蝶々夫人の誠と愛の心と、ピンカートンの軽薄さの対比にあり、またピンカートン夫人の邪気のない心にあるといってもよい。

云いかえれば、金で買われたも同然の女と港々に女ありの海軍士官という現実の裏に潜む、もう一つの女心の真実こそがこの物語の中心であり、このオペラの真髄だとしたら、日本情緒は別にいらないとも云える。

そう考えると、現在の日米関係でも、イラク戦争への協力や牛肉輸入問題、沖縄の基地問題といったことにあらわれているような「現実」の裏側に、実はもう一つの別の真実が存在しており、それは、アメリカのいささか強引なひとりよがりとなかなか相手にはわかってもらえぬ日本の一途さなのかもしれぬ。

（2006・3・13）

ふるさとへの思い

馬の頭の飾りが棹の先に付いた楽器。形はいささか三味線に似たところがあるものの、細い糸を何本も束ねて作った弦が二つあって、共鳴箱が下についた弦楽器である。

モンゴル特有のこの楽器「馬頭琴」は、一方で胡弓《こきゅう》に似た甘く切ない哀調を奏でるかと思うと、チェロの重苦しい、荘重な響きに似た音を出し、果てには馬の速足のような音まで出す。そのせいか、馬頭琴とともに聴くモンゴルの民謡も、時として広々とした草原を思わせるさわやかな哀調のあるものもあれば、軽快なものものもある。

この馬頭琴奏者とモンゴルの民謡歌手との共演を聴きに行って、その音色や歌声もさることながら、音楽や歌謡のテーマが、いずれもどこかでモンゴルの土地や伝統としっかり結びついているのにいささか思いを深くした。

若いチベット仏教の僧が、禁断の恋に悩みつつ、一方で僧院の生活へ、一方で恋人の懐へと心のゆれる様を歌う時も、僧は馬の背にゆられている。また、母の愛を歌う歌も、母乳は、モンゴルの常用飲料の馬の乳のどんなにおいしいものより、さらにおいしいと歌いあげる。

そして、若い馬頭琴の奏者は、故郷に帰るごとにモンゴルの草原が砂漠化していることを嘆き、その嘆きを馬頭琴に託して自ら作曲した曲を演奏する。歌にも曲にも、強烈にモンゴルの土地と風習への愛着がにじみ出ていた。

果たして、現在の日本の歌手や作曲者は、日本という国土とその伝統的風習にどこまで強い愛着を感じ、それを歌なり曲にこめているだろうか。

モンゴル人のふるさとへの強烈なあこがれを聞くと、日本列島のすみずみで進行している「ふるさと」の空洞化が思いやられる。

（2009・6・1）

音の出る絵と書

今からほぼ五百年前、ポルトガル商人、フェルナン・メンデスピントが日本へ来航した。冒険家のメンデスピントが東洋の国々を旅した後に記した「東洋遍歴記」は、（事実の間違いも当然かなりまじってはいるものの）当時のヨーロッパ人に、神秘な東洋の姿を伝えた書として広く知られるようになった。

このメンデスピントの東洋旅行に着想を得て、彼の東洋の旅を、現代美術の形で再現する試みをした美術家がいる。ポルトガルの芸術家アルメイダ氏だ。

氏は、布と紙と木片（すなわち最も東洋らしい材料）を使って、抽象画風に円や幾何学模様で、「メンデスピントの感じた東洋」を再現した。そこには不思議なことに、海の音、風の音が感じられる。現に、東京・表参道で開かれた氏の作品展は、「…海に還《かえ》る…」と題されている。

アルメイダ氏の作品の隣に、山本郁さんという日本画家の作品がいくつか展示されていた。ポルトガル語の詩や歌を、アルファベットで和紙の上に、日本の書道のスタイルで（すなわちアルファベットを巧妙に図案化して墨画とも書道ともいえる形に）描いた作品である。

ポルトガルの現地で、ファルドといわれる民謡の調べに感激したという山本氏の作品は、トランペットのような楽器や五線譜のような文字線をうまく組み合わせながら、「アルファベットの書道」を実現している。作品を見ていると、そこに音がこめられている。音が響いてくる。

山本氏もアルメイダ氏のように、ポルトガルの海を頭に浮かべながら作品を描いたという。海の音がアルメイダ氏の作品にも山本氏の作品にも感じられたのは、かつて大航海を先導したポルトガルは今なお世界の大海と結びついているからなのだろうか。

（２０１０・６・７）

「自然」の音

峰の嵐か松風か、たずぬる人の琴の音か、というセリフは、能「小督《こごう》」の曲の名調子の一部だ。小督は平安時代末期、帝の寵愛を受けていた女性とされる。もっとも黒田節の一節ともなっているので、その方が分かりやすいかもしれない。

この一節には、実は、現代における音楽のあり方について考えさせられる点がかくされている。

峰の嵐か松風か、それとも琴の音か—という問いかけは、実は峰の嵐も松風もそして琴の音も、一つの同じ音響の次元でとらえられていることを暗示する。いいかえれば、小督をたずねゆく人の耳には、琴の音も松風の音も、ともに類似した音だったのだ。さらに言えば、琴の演奏は、松風の音とあい交って行われてもごく自然であるということになる。

ここには音楽の楽しみ方についての日本古来の伝統がある。松の葉にそよぐ風の音、庭の虫の声、あるいはせせらぎの音—そういった自然の「音」と人の奏でる楽器の音との混在から来るものに深い味わいがあるという感覚だ。

楽器の音も、本来は、人間の奏でる「自然」の音であったはずだ。人が弦をはじいたり、小鼓をたたいて出す音は、「加工」されてはいない。人と楽器との接触から「素直に」出てくる音だ。

ところが昨今の音楽は著しく人工的に「加工」されている。マイク、アンプの氾濫。加えてCDやデジタル録音。そして足をふみならし、大声で叫ぶ人々の作り出す人工的音。それらすべての作り出す音の空間のムードに人々は酔っている。しかし、その空間の「音」は「自然」からあまりにも遠い。

「自然と共にある音」を大事にする人がもっといてもよいのではないか。琴の調べを月光の下、松風やせせらぎとともに聞いて「自然」の音に耳を傾けたいものだ。

（２０１０・７・12）

明珍火ばしの音

「水の粒子」

現代音楽の作曲家として活躍する菅野由弘氏の作品だ。電子音や奇妙なリズムに満ちた他の現代音楽作品とは違って、「水の粒子」は、全体にどこか澄みきった情感がにじみ出ていて、普通のクラシック音楽に慣れた耳にも違和感なく響く。

ただこのピアノ曲には特別な音が入る。ピアノの上に置かれた金具の台につるされた二本の火ばしが、ピアニストの手によって時折弾かれて、チーンという高い音をひびかせるのだ。

この火ばしは明珍《みょうちん》火ばしとよばれる特殊な火ばしで、かつて精巧な甲冑《かっちゅう》を作っていた製法で精製されたものだ。この鍛えぬかれた鉄の細棒は、普通の人間が聞きとれず、またＣＤやＤＶＤのデジタル録音の範囲をこえた音を出すという。

しかし、その音は、人間の耳のどこかで「聞かれて」、脳に一定の刺激が与えられ、それが音楽に微妙な「味」を加えているらしい。言ってみれば、「聞こえぬ音」を人は聞き、それによって刺激を受けていることになる。

昨今、市民の声を直接聞く政治といったことが流行し、仕分け作業などが人気を集めているが、そこでは、どうも声の大きい人の意見ばかりが聞かれ、静かな声、普通の耳には届かぬような声なき声は無視されているように見える。

その一方、不言実行などという言葉が強調され、口先ばかりで議論するより、実行することが重要だという「勇ましい声」も聞こえる。

こうした「勇ましい声」をあげることも時には結構だが、声なき声に耳をすませ、その人々の心中をおしはかって行動することこそ真の不言実行ではあるまいか。

まずは、明珍火ばしの音を耳をすまして「聞いて」みてはどうか。

（2010・10・25）

東アジアの精神

時は今年五月二一日。所は東京赤坂の迎賓館。集まった人々は、日本、中国、韓国三カ国の首脳とその随員たち。三首脳の夕食会後の音楽演奏会だ。

この演奏会のユニークな点は、日・中・韓の三カ国の女性の演奏家たちの合同演奏だったことだ。それも室内楽とか、バイオリンとピアノの合同演奏というのではなく、ピアノとギターと胡弓という普通考えられない組み合わせの演奏だった。

ピアノは韓国のピアニストの李京美さん、ギターは日本の村治佳織さん、そして胡弓は中国の姜建華さんだった。李さんと姜さんはいずれも小澤征爾氏との親交でつながり、李さんと村治さんはロシアの民族楽器ドムラとの共演などを通じて親しい関係にあったことが、このユニークな三人組の演奏に結びついたようだ。

演奏曲目もユニークだった。東日本大震災の犠牲者を悼む意味で、カッチーニのアヴェマリアに始まり、東北にゆかりのある宮沢賢治の星めぐりの歌も演じられた。

三人の演奏には、日・中・韓三カ国のいわゆる民族音楽はなく、さりとて、世界共通の西洋音楽（クラシック）をクラシックな楽器で弾いた訳でもない。そこには、ギターと胡弓という現代と伝統の融合もあれば、ヨーロッパの楽曲と日本の楽曲との混ざり合いもあった。

いってみれば、この合同演奏には東アジアの現状が象徴されていた。伝統と現代、東と西との混合こそが、今の東アジアの姿であり強さにほかならぬ。西に片寄っても東に片寄っても、この強さは損なわれてしまうだろう。

昔と今、東と西と融合させせつつ、東アジアの三カ国が共同して有益な仕事を完成させるところに東アジアの真の精神がある―音楽の調べの彼方でそんな声がささやかれていた。

（2011・6・6）

音楽と神

美しい音に静かに聞きいる―。琴の演奏にしろ音楽喫茶にしろ、一昔前までは、静かに音楽を楽しむ風習は、いたるところに見られた。

ところが昨今は、イヤホンをつけ、携帯をいじくりながら、車の音の響く道で音楽を聞いている人が多い。コンサートも、激しい体の動きと絶叫調の歌、そして歓喜する観客の一体感が「演出」されている。「騒音防止」などと言われている一方で、音楽は急速に日常化し、生活の一部となり、「音」が現代社会に氾濫している。

静寂と沈黙は、なにか不幸なことがあったときのものになってしまったかのようだ。

最近、人間の苦悩の前に神が沈黙していることの意味を問うた、遠藤周作の作品「沈黙」のオペラを見る機会があり、ふと、音楽、静寂、沈黙、神という四つの言葉の連関に思いをはせた。

世界の主な宗教で、音楽が重要な役割を演じているのは、間違いなくキリスト教であろう。

イスラム教などは、そもそも音楽を祈りの場から排除している。仏教でも、鐘や木魚を使うことはあっても、合図か拍子のためであり、メロディーにはならない。

なぜキリスト教だけは音楽と宗教が、歴史的に密接に結び付いてきたのだろうか。

おそらく、それは、教会が集会の場所であり、大衆をひきつける手段として音楽が活用されたのではないかと思われる。いいかえれば、教会のなかに独特の雰囲気をつくりだし、そこに日常とは異なる特別の空間を創造する演出であり、典礼の一部こそが教会音楽なのだろう。その意味では、キリスト教の神は、音楽と結び付いている。

教会のオルガンは、音楽によって教会の荘厳さをきわだたせている。天国も音楽に満ちているのだろうか。


（２０１２・２・27）

尺八の心音

尺八といっても、厳密に言うといろいろあるようだが、通常は、普化《ふけ》尺八といって、時代劇などで虚無僧が吹いているものを尺八という。この尺八は、近年欧米でも人気が出て、尺八奏者は、日本を除いても数千人にのぼると言われる。

奏者に限らず作曲者もいる。米国では、カリフォルニアで日本人移民の尺八を聞いた米人音楽家が、すでに一九四〇年代にユニバーサル・フルートという曲を作曲しているほどだ。

これだけ尺八が国際化してくると、尺八の音色を日本人が鑑賞できないようでは恥ずかしいことになる。

尺八の魅力は、何と言っても、奏者の息の音と楽器の音とが微妙に交ざり合い、あたかも人工的に奏でる音と自然界の音とが融合しているかの如き雰囲気をかもすところにある。それに、手、指は勿論のこと、顎や首を微妙に動かし、ポルタメントやビブラート奏法などで複雑な音色を出すことができるから、人間の上半身全体の動きと音色とが合わさって、ある種の躍動感を感じさせるところが面白い。それでいて、尺八はやはり、余韻のある静かな音色を基調とするところが何とも言えない魅力だ。

そもそも、尺八は基本的には一息で一音あるいは一音節を奏でるものと考えると、まさに、息の仕方、息の合わせ方が、その骨頂となる。そして、息の仕方こそ、いわゆる間のとり方に他ならないとすると、尺八こそ、日本文化の真髄たる「間」の文化の代表となる。

昨今、音楽というと、ポップ・ミュージックは勿論、ジャズやクラシック、さては三味線まで、騒々しげで華やかなものがはやり、聴衆も、何百はおろか何千人の聴衆相手のコンサートも稀ではなくなっている。しかし、静かな尺八に潜む心音、微妙な息づかいを学び、間を習得するのも現代人に必要ではあるまいか。

（２０１４・８・４）

暗闇のコンサート

ワン、ツーと、ハープシコードの弾き手が声をかけると、半円形に並んだ十数人のバイオリニストが、一斉に曲を弾きだす。中央には、全盲のバイオリニストで、東京芸術大学の講師も務めた和波孝禧《わなみたかよし》氏が、半分ソリスト、半分指揮者のように立って演奏している。「和波孝禧アンサンブル」のミュージック・イン・ザ・ダークと題する演奏だ。

視覚障害のある弾き手が数人、他はいずれも芸大の健常者の学生たちだ。健常者も一切楽譜なしの暗譜で演奏している。そこには、健常者も視覚を遮断して専ら音の感覚だけで演奏することによって、視覚障害者との間の垣根を取り払おうとする意図が滲みでている。しかし、健常者はとかく暗譜することに懸命になり、曲の部分部分に合った微妙な音のだし方までマスターできない場合もあって、慣れないと全体のハーモニーが崩れるという。

車いすダンスでも、健常者が車いすに乗って障害者と一緒に踊るのを見ていると、健常者はどこかで足を動かしている。「車いすに乗っている人」のダンスではなく、「車いすをことさら道具立てに使った」ダンスのように見えて、障害者と真の意味で一体化しているのか、いささかハーモニーが取れていないように見えることがある。（ダンスの場合、むしろ、そうした違いが自然に現れることの面白さを演出しようとしているのかもしれないが…）

和波アンサンブルの演奏は、終わり近くになると、舞台も含め会場全体の照明を消し、暗闇のなかで行われた。そうすることによって、演奏者のみならず観客も、視覚を遮断し音感だけですべてを鑑賞する世界へ引きこまれる。

そこでは、障害者と健常者の間だけではなく、演奏者と観客の間の垣根も「見えない」ものになっているような気がした。

（2015・12・14）

音楽と肉声

音楽というと、普通、楽器による音、あるいは、旋律のある歌唱という形の声が想起され、人間の普通の肉声自体を音楽の一部とみなす人は少ないだろう。しかし、それは、かなり西洋音楽的発想であり、日本では伝統的に、肉声自体が、音楽の一部とみなされてきた。

たとえば、能楽において、小鼓や太鼓を打つ際に「イヤー」とか「オー」といった、掛け声に似た音声が入るが、それは、ある種のサインであるとともに音楽の一部となっている。琵琶で平曲をかなでるとき、あるいは、一弦琴を演奏するときなども、物語や詩的な語句を語る声は、その音自体、音楽の一部である。

尺八なども、嗄《しゃが》れた息遣いから出る音が一つの魅力だが、これも見方によっては、肉声の音が音楽の一部になっている例ともいえる。能楽の笛も、わざわざ嗄れた音が出るように作られているが、これも、人間の声や息遣いを、音楽の一部にとりこんでいる例と考えられるかもしれない。

いわゆる演歌や浪曲、あるいは韓国のパンソリなどでも、通常のせりふや、それに近い「声」、あるいは、嗄れた声調が歌曲全体の雰囲気を盛り上げている例が少なくない。

もっとも、こうした例を日本はじめ、アジアだけの現象とみることは間違いかもしれない。たとえばシャンソン歌手のエディット・ピアフの歌などは、叫び声に近い歌い方も少なくないし、また、プロコフィエフのオラトリオ「イワン雷帝」などでは、オーケストラの音楽と、歌手の独唱、合唱団の群唱、そして、物語を語るナレーターが混在し、まさに楽器の音と歌唱と肉声の音とが、総合的に音楽として交じり合っている。

そもそも、鳥のさえずりや虫の音も、ある種の音楽と考えると、我々の日常会話でも「音楽的会話」ができそうな気もするのだが…。

（2018・11・26）

シャンソンの行く末

「枯葉」「パダン・パダン」「パリの空の下」「さくらんぼの実る頃」…。

シャンソンの名曲といわれるもので、日本でも人気を得たものは少なくない。それに昔は、銀座の銀巴里などキャバレー形式のものもあれば、シャンソン喫茶などと銘打った小粋な店など、シャンソンの聴ける場所が結構あった。しかし今や、シャンソン喫茶やバーなどは、本場パリでもほとんど見当たらない。

今から二十年ほど前、パリで往年のシャンソンの名曲集を探したが、一般書店はもちろん、古本屋にもなく、当時はネット上の情報も頼りなくて困ったことがあった。また、あるホテルのラウンジでピアノの弾き語りをしている若いフランス女性と知り合った際、往年のシャンソンの名曲を弾いてくれと頼むと、聴いたことはあるが弾いたことはないので、今すぐにはできない、といわれてあぜんとしたこともあった。

こんなことを思い出したのは、著名なシャンソン歌手ジュリエット・グレコが最近、九三歳で亡くなったというニュースを耳にしたからだ。

グレコはいわゆるレジスタンス（対ドイツ抵抗運動）の一員だった母親のせいで、幼い頃数週間牢獄に入れられたり、数度結婚して別れ、一九六〇年代には自殺を図るなど、まさに波乱の人生を送った。それだけに、グレコは、ある意味では時代と共に生きた芸能人だった。

一九四〇年代には、サルトルなどの実存主義者と深いつながりを持った。フランスが空前の学生運動の騒乱に見舞われた頃、彼女は「デザベイェ・モア（私を裸にして）」というヒットソングを世に出した。そして、八〇歳代になったときも「終わりが近づくことに抵抗するには、とにかく自分の好きな歌を歌ってみせていることよ」と言ったという。

時代と共に生きたグレコは、シャンソンの行く末を明日の世代に託したのではあるまいか。

（２０２０・11・２）

個性的演奏とは何か

バイオリンの「巨匠」と呼ばれるピンカス・ズーカーマン氏が最近、米国の著名な音楽学校「ジュリアード音楽院」主催のオンライン授業で発した言動が、文化的、政治的波紋を投げかけた。

ズーカーマン氏は、ジュリアード音楽院に学ぶアジア系の学生に「君たちは演奏の技術は優秀だが、韓国や日本には歌（ソング）がないように、君たちの演奏には歌がない」といった類いの発言をしたという。

ここで、ズーカーマン氏が「歌がない」と言った趣旨は、おそらく、演奏に叙情性や個性が感じられず、技術にばかりこだわっている、という意味だったと想像される。ここには、少なくとも、二つの大きな問題が隠されている。

一つの問題は、いわゆる西洋音楽、すなわち、形式と伝統がしっかり根づいているクラシック音楽には、「西洋」の精神や感性が深くこもっており、いかに技術的にうまく演奏できても、西洋文明のなかで何代も過ごして来た人でないと、その真の精神や深くこめられた感情を演奏の上で表現できないのではないか、という問題提起であろう。

そうなると、クラシック音楽は「西洋人」にまかせておけということになり、クラシック音楽の国際性に疑問が生ずることになる。それに、西洋の精神とか感性とは一体何なのかも大きな問題だ。

しかし、第二の問題がある。そもそも、形式のきちんとした音楽において、即興性や個性をどこまでどのように出すのが良い演奏なのか、という問題である。

即興性や個性を出そうとすれば、とかく形や伝統を破りがちになる。むしろ、伝統や形式をどのように守るか、その守り方にこそ、微妙な個性の表現があるという考え方こそ、日本の伝統が長く守られてきた基礎であり、「日本の歌」なのだと言ったら、ズーカーマン氏は何と言うだろうか。

（2021・8・23）

歌は二度作られる？

オリンピック、パラリンピック大会を通じて、多くの国の国歌を聞くことができた。勇壮な歌、誇らしげな歌、荘重な歌など、いろいろだった。しかし、メダルを取った選手たちは、国歌をどんな気持ちで聞いたのだろうかと、自問したくなった。

それというのも、歌は、その作者や演者の意図や感情とは違った思いで聞く人も少なくないからだ。その意味で、歌は、聞く人の心のなかで再度「作られる」ともいえる。

たとえば、第二次大戦直後、焼け野原の東京の町でよく歌われた「リンゴの唄」。「赤いリンゴに唇よせて」に始まるこの歌は、並木路子のヒット曲となった。並木は、母親を東京大空襲で亡くし、自らは隅田川にとびこんで気を失い、危うく死ぬところを助けられたが、父親も兄も戦死、恋人は特攻隊員として命を落としたという境遇にあった。

しかし「リンゴの唄」を聞いた人たちは、そこに不思議な明るさを感じ取り、明日への希望を燃やした。それは、並木が心の奥に閉じ込めていた悲痛な悲しみの世界とは別の次元にいる人たちが、自らの明日への思いをこめて作り直した希望の歌だったのかもしれない。

他方、戦時中、これから敵艦に向かう若き特攻隊員が、慰問に訪れた歌手淡谷のり子に、こともあろうに「雨のブルース」を所望し、そんな軟弱な唄を歌えば当局からとがめを受けかねないと思いながらも哀愁のこもったブルースを淡谷が歌うと、出撃する隊員は、敬礼してその場を去っていったという。

舞台で涙を流すことを恥としていた淡谷もこのときばかりは、とめどなく泣いたと聞く。ここでは、普段は甘いロマンの夢をかきたてるブルースが、今生の別れの曲に変わっていたのだ。

メダリストたちも、表彰台での国歌を聞きながら、心のなかで、自分なりの「賛歌」や「悲歌」に変えて歌っていたかもしれない。

（2021・9・27）

葬儀と音楽

先般行われた英国エリザベス女王の葬儀の最後を飾った音楽は、パイプオルガンの演奏で、バッハの幻想曲ハ短調だったといわれる。

なぜこの曲が儀式の最後を締めくくるものとして選ばれたのかは詳《つまび》らかではないが、おそらくは、英国国教会の宗教的聖歌などとの相性もあったのではないかと思われる。

通常いわゆるクラシック音楽における葬送曲というと、ヘンデルのオラトリオ「サウル」の第三幕の葬送行進曲、ショパンのソナタ第二番第三楽章の葬送行進曲、ベートーベンの交響曲第三番「英雄」の第二楽章などが著名だ。

今回の英国女王の葬儀では、随所で演奏された音楽に、チャールズ新国王の意向や選択が働いていたという。

一九九七年のダイアナ元妃の葬儀では、彼女の好んだ、英国のシンガー・ソングライターのエルトン・ジョンの曲「キャンドル・イン・ザ・ウインド（風の中のロウソク）」などが使われた。また、チャーチル首相の逝去が公式に発表される直前、英国の公共放送は、ベートーベンの交響曲第五番「運命」を流し続けていたことがしのばれる。

わが国では、昭和天皇の「大喪の礼」では葬列の動きに合わせて雅楽が奏せられたと記憶する。

また、一八九七年、英照皇太后の葬儀には、君が代に和声をつけたことで有名な「お雇い外国人」フランツ・エッケルトが作曲した「哀の極（悲しみの極み）」が、葬列の進行に合わせて演奏された。

ちなみに、第二次大戦前には、清元などを演奏して追善する「清元供養」などもあり、（趣旨は若干違うかもしれないが）今でも能楽では「追善能」の催しがある。

このように、葬儀に関連して奏せられる音楽は、聞く者の心に人の運命の定め、あるいは、亡き人の奏でた躍動する生の調べを追想させるものとなっているのではあるまいか。

（2022・10・3）

第三章　文化談義　Ⅲ

《美術の世界》

絵を描く心

「パリに行くのはやめた。凱旋門より、雷門」――。そんな広告を東京の地下鉄の駅で見かける。確かに、独特の下町情緒を残す浅草は、パリより優れた観光地かもしれない。しかし、残念ながら浅草は、カメラの映像やオタク文化に相応《ふさわ》しい光景には事欠かないが、画布に描ける風景に乏しい（それに比べると、山あり谷ありの信濃は絵になる景色が多い）。

藤田嗣治《つぐはる》が昭和の初めに書いた『巴里の横顔』によると、第一次大戦前、既にパリには三百名近くの日本人画家がいたそうだ（当時、大使館員はせいぜい五、六名程度だった）。それは勿論パリが世界の文化の中心の一つであったことにもよるが、何といっても町の佇まいと建物の配置、壁や屋根の質感、そしてある種のゆとりが、多くの人々を惹きつけたからだ。

事実、パリに住むと絵が描きたくなるが、東京に帰ってくるとたちまち絵筆を投げ出してしまいたい雰囲気だ。天才画家と言われた佐伯祐三ですら、東京に帰っていた時の作品には、どこか精彩がない。やはり、東京にはゆとりがないのだ。

そのゆとりのパリでゆったり絵筆を執り、そして周囲の人々に優雅な、そして温かい眼差しを投げかけてきた日本人画家の長老に、村山密《しずか》画伯がいる。

戦前からの日本人画家の活躍ぶりを見てきた数少ないパリ在住邦人の一人である村山画伯の

絵は、どこかに温かさとゆとりを感じさせる。そこが、また画伯の描くパリの風景にパリらしいムードを高める因となっている（信濃出身の故・小山敬三画伯も、パリを題材にした絵を描いておられたと記憶するが、長野県に美術館が多く点在するのも、ゆとりの証拠かもしれぬ）。

そう言えば、モネは自分のアトリエのあったパリ郊外のジベルニーにアメリカ人画家や観光客が押し寄せるのを見聞きして、そんな暇がある位なら絵を描いていればよいのに…と言ったそうだ。上手・下手は別として、心のどこかにゆとりをもって絵を描くのが理想の生活かもしれない。

（２００４・11・８）

第三、第四の人生

「マチス、第二の人生」と題した展覧会をパリで見た。画家マチスが病に倒れて南仏に療養するようになってから、親友のアンドレ・ルボエール宛てに書き綴った、千通以上に上る手紙や晩年のマチスのデッサンなどから再構築した、マチス晩年の世界の展示会である。

長年の親友への手紙には、生の歓び（ジョア・ド・ビーブル）という言葉が出てくるのが印象的だった。病と闘いながら絵心を失わなかったマチスにとって、画の世界は生きるよろこびであったということなのだろう。

晩年のマチスのデッサンには樹木が多い。マチス自身は、「樹木をあるがままに写生するのは、ヨーロッパの美術学校の教えであるが、他方、東洋の人たちのように、木を見てそこに感じたことを画面上に描いて木を表現することもできる」と云っている。

たしかに、マチスの描いた樹木のデッサンは、葉も幹もかなり抽象化され、愛玩動物のように見えるものが多い。女性の顔を描いたデッサンも、マチス特有の東洋的な、異国情緒を漂わせている。

加えてマチスのシャルル・オルレアンの詩への傾倒。そこにはさし絵と文字とが奇妙な一体感をつくり出し、文字が一つの絵となっている。あたかも東洋における書と絵の融合の世界の再現のようだ。

デッサンと並んで展示されたコラージュ（はり絵）風の作品にも、日本の子供たちの伝統的感覚に西洋の激しい色彩感覚をとけこませたような超現実的世界が現出している。

自分も超現実派（シュールレアリスト）になったかな―半ば皮肉をこめてマチスは親友にこう書き送っている。マチスの晩年は確かに、現実離れした世界への没入と云ってもよいかもしれぬ。それが第二の人生ということなのだろう。

会場を出てリュクサンブール公園を散歩した。島崎藤村が散歩し、横光利一が思索し、林芙美子がそぞろ歩いていた、この公園を散歩していると、ここにまつわるいろいろな人の作品が思い出された。

第二の人生どころではない。人は、第三、第四の人生も生きるのではないか。なぜなら思い出を通して人は他人の人生も生きることができるからだ。

（２００５・４・25）

身体の夢

裸体の女性が、水中で息の泡をきれいにはき出しながらゆっくりと泳いでいる映像の投影、一九〇〇年代、一九二〇年代、現代と三つに時代の女体（女性の体形）の変化を示した写真―。そうした展示から始まる、一見奇妙でありながら、現代人の感覚に鋭く迫ってくるものを持つ展覧会を見学に行った。

所は韓国ソウルの市立美術館、展覧会の名前は「身体の夢」と云う。一九九九年に京都で開かれた展覧会を基にして、国際交流基金が関与して新しいアイデアをもりこみ、韓国の美術家たちにも参加して貰い、いわば日韓共同制作で実現した展覧会だ。

一見ファッションの展示会のように思われがちなこの展覧会の開催に、韓国側は当初難色を示した。ファッションを美術として公共の美術館で展示したことはないから難しいという意見もあれば、政治的摩擦の激しい日韓関係にてらし、今こんな展覧会をやれば韓国内で文句が出てくるという意見もあったようだ。

そうした消極論をおしのけたのは、何と云ってもこの展覧会の美術的先駆性とユニークさに着目した韓国の美術関係者の熱意だった。

「衣服が人間の体形を変える」という概念の展示があるかと思えば、大きな下着の模型に出入りする女性をモデルにして、女性の衣服の着脱の仕方と女性の社会的自立性の関連を問題とした展示もある。三宅一生氏の著名な洋裁とファッションの融合もあるし、自分で縫った衣服をキャンバスの上に張った布にはりつけた韓国の画家の作品もある。ファッションをめぐる新しい美的概念と創造の多様性とをスマートに見せるこの展覧会の精神が関係者の心をとらえたのだ。

「政治的に何を云われようと良い美術展は敢行しましょう」。韓国の美術関係者の勇気が政治的、社会的懸念の声に勝った。

そしてこのことは、言葉に頼って摩擦を増幅しがちな「政治」に対して、身体をコミュニケーションの手段に使う「美術」の精神が勝ったことを意味していた。

身体の夢—日韓両国の人々が未来への夢を共有することこそ、一つの夢であり、また真の未来志向なのではあるまいか。

（２００５・７・25）

音と文字と絵

昔、水墨画では絵と字が一体化していた。漢文が書かれ、風景が描かれ、そして月日や作者の名前も、一つの点景のように感じられた。

浮世絵でも、文字と絵は、木版画特有の性質のせいもあって一体化していた。それが、近代の活版印刷の導入と油絵などの西洋近代画法の影響で、文字と絵は長らく分離されてきた。

ところが、今、また、マンガとインターネットのおかげで、文字と絵と、そして音までが合体化してきた。

マンガも実は音の世界を持つ。それが証拠に「ピタッ」「ヒソヒソ」「シーン」などという言葉がふんだんにマンガに使われている。

インターネット上のシンボルもそうだ。普通の文字に加え絵文字や記号がふんだんに使われ、音声もまた同じような機能を果たす。カーナビにしても、図表とともに「二百メートル先左です」と音声が聞こえる。

音と文字と映像の一体化―そう云えば、字幕付きの映画もそうした一体化の一つの例だろう。このように考えると、映画の吹きかえの是非もまた別の角度から考えねばならないかもしれぬ。

昨今、歌舞伎や能を見せる際、横に字幕を見せてセリフが現代の観客に分かりやすいように解説する場合があるが、これを、単に「解説」と考えずに、文字感覚と音声、視覚と画像との融合と考えると、現代の芸術感覚に合ってくる。

音と文字と絵の共同演出こそ昔を今に返す真の「現代風」な試みなのかもしれない―そう思っていたら意外なところに罠があることを指摘する人がいてハッとした。

例えば、日本の伝統的花鳥画である。昔は日本の花鳥画は、花なり鳥を中心に描き、背景には余白があって、花や鳥に自ら観る人の目と心が集中するようになっていた。ところが昨今若い画家に花鳥画を描かせると画面いっぱいを塗りたくってしまう。余白の使い方が感覚的に訓練されていないからうまく描けないらしい。

云いかえると、現代の画家は二次元の世界の中にキュービズム（立体派）をいれて三次元を演出できても、想像という名の余白を入れることによって三次元の世界を演出する仕方を忘れているのだろうか―「シーン」。


（2005・12・26）

美術館で考えたこと

近年、美術館ショップが盛況だ。世界中どの美術館へ行っても、美術館や館の所蔵品にゆかりのある商品―絵はがきはもちろん、スカーフや置物、茶碗など各種の「グッズ」が見られる。美術館も商売せよ、できるだけ収入を上げて自立せよ―公立も私立もそうした掛け声にせかされて、いろいろな工夫や努力がなされている。所蔵品自体を貸し出してお金を取ることや、観客を増やして入場料収入を上げることは、どこの美術館も考えることであるが、グッズの販売も、一種のＰＲ活動の一環と考えれば、収入の大きさはさておき、間接効果はばかにならない。

けれども、美術館の社会的役割を考えた場合、特に公共の資金の入った市立、県立、国立美術館の社会的役割を考えた場合、果たして「グッズ」の販売に大きな力を注ぐことが本当に大切なことかは、よく考えねばなるまい。

最も大切なことは、美術を一般市民に近づけることであり、市民の美的感性を豊かにすることこそ、こうした美術館の本来の役割であるはずだ。

そこで、たとえば、美術館の展示が市民にどういう美的効果を与えたかを考える一助として、展覧会場を市民の美術愛好家に開放し、そこで展示されている作品から刺激を受けることで自分の作品を作ってもらってはどうか。そして市民の作品を展覧会に仕立てることもできるだろう。

あるいは、地元の芸術家に美術館の展示作品をゆっくり見てもらい、何かそこから着想を得た作品（ただし、絵に着想を得たならば彫刻、彫刻に着想を得たならば陶芸作品、といったように、分野が違うことを条件とする）の制作を依頼して、その作品を地元の篤志家に購入してもらうというアイデアもあるのではないか。

サンフランシスコのデ・ヤング美術館で、ある作品を見た。古い風景画に刺激された現代のアーティストが、その絵の描かれた場所へ行き、今の観光客がどの角度からその風景を写真に撮っているかを分析、それをコンピューターで解析して、作成したモデル写真だ。昔の絵を描いた美術家の意識と、現代の観光客の美意識を結び付けようという試みである。

この作品に触れ、ふと白昼夢に似たアイデアを、いろいろ思い巡らしてみたのである。

（２００７・４・23）

大正の粋

「大正シック」という展覧会があった。

大正から昭和初期にかけてのモダンな風俗と江戸時代以来の伝統美を巧く結合したところに生まれた、ある種の粋な感覚—それが大正シックということらしい。

展覧会場は旧朝香宮邸で、この建物自体一九二〇年代にヨーロッパに大きな流行の波を生んだアール・デコの様式をふんだんにとりいれた「大正シック」の代表だ。

展示された作品を見ていると、大正時代の日本の奇妙な美術感覚が伝わってくる。古典的な琵琶の演奏会の絵では、見事な着物を着た婦人が琵琶を奏でているのだが、何とその横に旧式の大きなマイクが太い金棒の上に載っているのが見える。絵の常道から言えば、マイクを省略して琵琶をひく婦人だけ描くところだが、あえてマイクをつけ足しているのは、当時としてはそこにある種の新奇性が感じられたからだろう。

同じように、着物を着た美少女がカメラを手にしていたり、静かな日本的風景の向こうの海にいかにもモダンなヨットが浮かんだ絵が並んでいる。

どこかちぐはぐな感覚ないしどこか過渡期の感じが漂っているといえばそれまでである。しかし、そこがむしろ、ある種の粋な感覚に通じているとしたら、「大正シック」とは何なのかもう一回よく考えてみなければなるまい。

そもそも、変動と移行の時代の芸術の方が、円熟と安定の時代のものより面白いといえるのではないか。ただ、その面白さは、かなりの年月がたって、後からふり返ってみたときに初めて明らかになるものなのかもしれない。

　昨今一九五〇年代の映画、一九六〇年代のヒットソングが懐かしがられ、再評価されたりするのも、単なるノスタルジアのせいばかりではあるまい。その時代には卑俗で、ばかばかしく見えるものも、実はそこにその時代の美的感覚がこめられており、それが後世になって初めて表に出てくるということもあるのではないか。そう考えると大正シックとは、実は平成シックとつながっているのかもしれぬ。


（2007・7・9）

絵と「美女」のキス

　美術品と美女の組み合わせというと、モナリザ並みの美しい女性の肖像画や見事な裸体画を想像しがちだ。ところが、先般、フランスのアビニョン市の現代美術展覧会で奇妙な「美女」と美術品の「接触」があった。

　アメリカの画家サイ・トゥオンブリー氏の作品の真白いキャンバスに、フランス在住の「美女」が大きなキスマークを残し、それが修復困難な傷になるかもしれないとのことで大きな事件に発展したというのだ。

作品の価値が数億円といわれているから、損害賠償となると大変である。ところが、キスマークを残した「美女」は、女性画家で、トゥオンブリー氏の作品にあまりにも感動し、好きになったからキスしたのだと言って平然としているそうだ。

ちょうど同じころ、パリの美術館でモネの名作「アルジャントゥイユの橋」が何人かのいたずら者に傷をつけられた事件があった。二つの事件が重なったせいで、この「美女」のキスマーク事件も、高価な美術品が傷つけられないよう防護するためにはどうしたらよいかといったことに世の中の注意が向いてしまった。

しかし、心なきいたずらと、感動して美術品に思わず触りたくなる気持ちとは別物であろう。そもそも現代社会で、多くの美術工芸品が、れいれいしく「鑑賞される」ためにだけ、いささかいかめしく美術館で展示されているのではなかろうか。真の美の鑑賞は、美術品を私たちの日常生活の中で見、触り、使うことによってこそ深まるのではないか。

いくら立派な陶器でも、美術館のガラスの中に展示されているだけでは真の味わいはないと言える。それに触り、味わい、使いこなすところに陶器は生きてくるのであり、美も深まってゆく。

そう考えると、キャンバスにキスした画家は、実は現代の美術品の鑑賞の仕方に一石を投じたと見ることができる。とりわけ、キスという感情移入行為を自分の気に入った美術品に対して行うことによって、彼女は、その美術品と自分との間に「私的」な関係をうちたてようとしたのではあるまいか。そうとするとそれこそが真の美の鑑賞の一つの形なのかもしれぬ。

（２００７・10・29）

南大門と金閣寺

今月、寒く、乾燥した日に、土地補償にからんで恨みを持った老人の放火の犠牲になって焼け落ちた、韓国ソウルの南大門。この門に程近い国立現代美術館で、日本の版画家棟方志功と、韓国の友人チェ・ヨンリム画伯の作品の合同展示会が開かれた。

これまで世界各地で見てきた棟方の作品を、韓国の画家の絵や版画と対比させながらあらためて鑑賞してみると、今まであまりきづかなかったことにはっとする思いだった。例えば、棟方の描く女性像や菩薩像のふくよかさの背後にあるものは何かという点だ。

よく、棟方の作品にあふれる気風として、朗らかなエロチシズムとか牧歌的イメージといった表現が使われ、なんとなくそう思いこんでいたが、チェ氏の作品と並べて見ると、エロチシズムをこえて、棟方志功の作品にみなぎる象徴性と、いささかこの世ばなれした美意識が今さらのように一層強く感じられた。

ところが、同じように一見ふくよかでエロチックとも言える女性像を描いたチェ氏の画面は、どこか、土の香りがただよい、現実的だ。これは、平壌から単独脱出したチェ画伯の心の中に、北朝鮮に残してきた愛妻への思いが強く残り、それが画面にこめられているからだという人もいる。

けれども、実はそれよりもっと深い、チェ氏の心情、そしてその背後にある近代韓国の運命と、それから発する「韓国的」美意識が反映されているような気がしてならない。朝鮮半島を襲った過去一世紀の悲劇は、やはり、ひそかながら画面のどこかににじみ出ているように思われるのである。

個人の美術家の作品に、軽々しく、国柄を読み取ることは、用心しなければならないが、かつて金閣寺を焼いた日本の仏僧の意識と、南大門を焼いた韓国の放火犯人の動機を比べたとき、恨みや怨念を越える美意識とはなにか、という問いへの答えも日本と韓国では違うのかもしれぬと思えてくるのだった。

（２００８・２・25）

現代中国美術の表裏

ここ二十年ほどの間に制作された、中国の現代美術の作品展を見て、美術家たちの大胆な力強さと、荒っぽさと、そして多くの作品の中に漂う虚無的（ニヒル）な空漠感にあらためて驚いた。

内戦、第二次大戦、そして文化大革命の混乱を経て漸く開放の時代に突入した中国の現代史を直接、あるいは間接に体験してきた作家たちの作品は、激動の中国のダイナミズムを反映しているのだろうか。それなら、何故、あれほどニヒルな感じが漂っているのだろうか。

考えてみると、美術作品の力強さは、必ずしも中国社会のダイナミズムを反映しているのではないのかもしれぬ。むしろ、文化大革命や毛沢東思想で束縛されていた環境への怒りと、それから解放されたことへの情熱的解放感が二重になってふき出しているのではないか。さらにいえば、未だ表現の自由が日本ほどには保障されていない中国の現状に対するある種の反逆と反抗精神がほとばしり出ているといえないだろうか。

そうだとすると、いくつもの作品の中に流れるニヒルな感じはどうして出て来るのか。それは多分、同じ反逆や反抗といっても、政治運動的な反抗は「民主化運動」として定型化して、「陳腐」になりかかっているため、「面白くない」と見えるからなのかもしれない。

権力者の統制と同じように反体制運動も「画一化」されたものと見えるのではあるまいか。反抗が画一化する時、美術はそれをこえてさらに反逆して、ニヒルなものになるのかもしれない。

権力に対してだけではなく反権力の運動に対しても違和感を覚える美術家たちは、美術の中にその違和感を投入したのだろうか。そしてこうした違和感なり断絶感が、実はその裏側では激しい創造的エネルギーの源泉になっているのかもしれない。

（2008・9・8）

現代美術論議

雑踏の真ん中で腕を枕に裸になって寝そべっている女性の写真―その女性こそが写真の主であり、作家（美術家）である。

空き瓶や空き缶の切れはしを板にはりつけて町の地図を作り、その図形を垂直に、しかも狭い通路の両側に立て、あたかも急降下する飛行機の中から町を見るような感覚を出している作品。

自分の旅行先グランドキャニオンの小さな一角にセミのように立っている自分自身の写真を

バックに、まるでキャニオンから運んできたような巨石に鎖をかけた作品を展示するアーティスト。古い商家の床をのみで少しずつ削って床一面を手彫り彫刻の面のように仕上げる作品。

こんな現代美術の作り手や作品を見ていると、その奇抜さや奇妙な感覚に驚き、時には感嘆しながらも、心の中に疑問がのこる。

これらの人たちと作品は、見る人に何を訴えようとしているのだろうか。どこに「美」がかくされているのだろうか、と。

言いかえれば、現代美術ではこれを「作る」人々の意識と、それを「見る」人々の意識の間に実は巨大な溝が生じていないか。別の言葉にすれば、現代においてプロの美術家の多くは、実は「自分自身」のために作品を作っていないか。

アートの大衆化なるものは、実はアートの個人主義化であって、実はアートが大衆に対して非日常性を訴えるだけの「玩具」に堕してしまったのではないか。それとも、アートの先駆性によって現代美術は、実は、半世紀くらい後の人間社会における新しい感性を、今の世に早くも提示しているのであろうか。

そうとすれば、「現代」美術は、実は「未来」に属することになるのだが…。

（2010・9・6）

心の富士山

浮世絵の大家、葛飾北斎の描いた冨嶽三十六景の一つ、「神奈川沖浪裏」。大きく高く盛り上がる荒波。白い泡が上からかぶさるように落ちかかっている波間で木の葉のように揺れる小舟。舟のへりに必死にしがみついている人々。その彼方にくっきりと見える富士山。

この北斎の名画は、浮世絵の代表作として世界中に知られ、日本を象徴するものとして各地の報道で利用されてきた。

日本経済が破竹の勢いで世界に進出していた時代には、大きな荒波は日本経済の力にたとえられ、この波にのみこまれそうなニューヨークの摩天楼が波の彼方に描かれていたこともあった。そうかと思うと日本経済が大きな不況の波にのまれたときは、荒波に溺れそうになっているサラリーマンの姿を描くマンガとなって登場することもあった。

そして今度の東北関東大地震の直後、荒波は核物質の粉に変わって人々に襲いかかっているような絵が登場した。

古今東西、北斎の名画の荒波が、押し寄せる災いや脅威のシンボルとして使われてきたとしたら、遠景の富士山は変わらぬ日本精神の象徴とも言えるであろう。

いかなる津波も富士山をのみこむことはできない。日本人にとって精神的な柱として「心の中の富士山」は何なのであろうか。今こそもう一度心の富士山に登ることが大切なのではあるまいか。

加えて、北斎の絵の荒波の図案も脅威のシンボルというよりも、むしろ未来への警告の印と考えるべきかもしれない。現に、ハワイの国際津波情報センター（ＩＴＩＣ）の案内に、北斎の図柄を利用したものがある。そして波の彼方に浮かんで見えるのは富士山ではなく、ＩＴＩＣという「警告」の文字である。

（２０１１・３・28）

本当の復元とは

文化財、例えば古い絵画の復元はよく話題となる。源氏物語絵巻をコンピューターで徹底的に分析し、元の色や形がどうであったかを見きわめ、データに基づいてパソコン上で原画を再生し、それを高度の印刷技術で映像化したものもある。そうやって「復元」してみると、今まで見えなかったものが見えてくる。

例えば現存する絵巻では、光源氏が不義の子を抱いている絵はぼんやりしているので源氏の顔つきはよく分からない。ところがコンピューターで再現した絵では、不義の子を抱く光源氏の何ともいえない顔つきが見事に描かれていてハッとするほどだ。しかし、これは普通の意味での復元とは云えまい。むしろ合成写真に近いものだといわれそうだ。

そもそも復元といっても、いつの時代のものをどう復元するのかが問題だ。原本が時代とともに変質しているので、元の姿を再現してみるというのは果たして「復元」なのだろうか。元々のものに固執するならば、復元は、やはり昔の時代の材料や紙を使い、その時代の技術に依存すべきとの考え方もあるだろう。

こんなことを考えさせられたのも、最近「海峡をつなぐ光」と題した映画を見たせいかもしれぬ。この映画は日本の玉虫厨子と韓国の玉虫馬具の復元にまつわる映画だ。ここでは日本でも韓国でも昔の文化財が年代を経て元々の姿を大きく変えている。ところがデータ不足のため元通りの姿の復元は「科学的」には困難で、工芸家の想像力に依存するところが大きかったという。必死に息をつめて「復元」作業をしていると、現存するものの上では見えないものが心眼に見えてくるというのだ。

考えてみれば、真の復元とは科学的正確さをもってする「モノ」の復元ではなく、美術的感覚による芸術家の「心」の復元なのかもしれない。

（２０１１・８・１）

見ず言わずの美学

近代日本画壇の巨匠、横山大観の作品といえば、勇壮にそびえ立つ富士山の描写がつい目に浮かぶが、なかには、繊細な感性のうかがえるものも少なくない。

そんな作品の一つに大観が若い頃に描いた作品「ほととぎす」がある。

この作品は、掛け軸にしたててあり、全体は、縦二メートル弱、横一メートル近くに及ぶ大きなものだ。画面には、左右から谷間にせまる連山が描かれ、上部三分の一ほどは、空になっている。ところが、その大きな空間の右下に、鉛筆の先ほどの小さな鳥、ホトトギスが、描かれている。さっと見ただけでは分からないほどの大きさだ。

じっとこの画《え》を見ていると、あるかなきか分からぬ小さなホトトギスが、この画の題名になっている訳にハタと気がつく。それというのは、この小さな小さな鳥によって、連山と大空の広い広い空間の大きさが、見る者に迫ってくるからだ。そればかりではない。ホトトギスの鳴き声が谷間に響き、連山にこだまするかのように感じられるのだ。

そう思うと、古池に飛びこむ蛙《かわず》の水音を描いた、芭蕉の有名な俳句が心に浮かぶ。この歌は、よく言われることだが、蛙や古池の風情を詠ったものではなく、むしろあたりの静けさを、逆に、水音によって表現しようとしたものである。

ここには、大観のホトトギスといわば同じような感性と手法が見られる。それは、いわば、省略、象徴の技法であり、見ず言わずのうちこそ、本当に言いたいことが隠されている精神とも言えよう。

昨今、何事につけ、はっきりものを言うことが奨励され、娯楽番組までも解説ばやりになっているが、聞く方、見る方の感性に訴えるという、伝統的美学の精神も忘れてはなるまい。

（２０１３・11・25）

光をどう描くか

闇の中では、ものは見えない。色も分からない。光があってこそ、ものの色も見分けがつく。そこではじめて、いろとりどりの花を観賞でき、それを絵に描ける。では、光そのものを絵に描けるだろうか。

こどもたちは、太陽を描くとき、丸い円に放射状の線を描く。線は、あきらかに、光を示している。ここでは、光は線で描かれている。

光を点で描く人もいる。いわゆる点描だ。小さい粒のような点を巧みに重ね合わせることによって光が自然と浮き上がる。スーラなど、点描で有名になった人もいる。

また、空間をうまく利用して光を描くこともできるのではないか。

水墨画のように、黒と白だけの世界では、光は、白い空間から発せられているようにも見える。黒白の濃淡、ぼかし――。そこに見えない光を見ることもできるだろう。

けれども、何といっても、色こそ光を描く最高の手段ではないか。色は、光そのものともいえる。色を描けば、光を描いたことになる。ところが、皮肉なことに、ここに矛盾が生ずる。

真っ赤なバラを、赤く描いたら、光を描いたことになるのだろうか。緑の葉っぱも同時に描くとすると、光は、あるときは赤で、あるときは緑なのか。そうではあるまい。となると、色を描いたからといって、光を描いたことにはならない。

光そのものは、目にはさだかに見えないと仮定すると、光は、「想像させる」ことで描くことになる。光を重視した印象派の画家たちが、空を描き、海や湖を好み、また時として霧や雪を題材としたのは、そこにこそ、光の反射があり、想像への誘いがあったからではあるまいか。

表面的な色だけにとらわれていると、かえって光は見えないということなのだろうか。

（2014・1・6）

芸術の境界

今世紀のはじめ、パリの現代美術館の代表格として名高いパレ・ド・トーキョーが、新装改築記念の展覧会を開いたとき、掲示板のような形をした奇妙な作品が展示された。

この作品は、美術館の改修工事にたずさわった労働者の名前と年齢などを書いた紙片を、ところせましと並べたものだった。

なぜこんなものが作品として展示してあるのか。疑問に思ってカタログを読むと、何と、この美術館は、今までの美術館の通念を破り、「皆」の美術館にする、すなわち、作家と観客などの間の垣根をできるだけ取りはずすことを理念とすると記されている。

美術館の開かれている時間も、通常の時間を超えて夜まで開いているとも書いてある。作品の中には、観客が自由に書き足すことのできるものや、小さな児童公園のような形の作品で、中に勝手に入ってみてくれというものもある。いわば、観客も、制作過程の一部を担う気持ちで作品を見てほしいということのように思われた。

ほぼ同じころ、あるアーティストが個展を開くというので、観衆が美術館に押し寄せてみると扉がしまっており、内に入れない。人々が騒いでいると、当人がバルコニーに現れ、皆さんがこのように集まって騒いでいるところをビデオに収めてそれを作品としますと演説したという話も聞かれた。

最近パリのオルセー美術館で、有名なマネの裸体画オランピアの前で自らの裸体をさらし、観客の驚くさまを映像化し、それをもって美術作品だと豪語するルクセンブルクの芸術家が登場し、物議をかもした。

芸術には日常性の打破という側面があるのは当然だが、芸術活動の社会的「境界」はどこにあるのか。観客も制作過程に参加できるのなら、観客の意見も聞かねばなるまい。


（２０１６・２・１）

美と正義

英国の著名な美術館ナショナル・ギャラリーに展示されていたゴッホの名画「ひまわり」にトマトスープを振りかけた二人の若者の行動は、世界中で論議を巻き起こした。

地球環境の危機を訴え、石油の生産、使用に歯止めをかけようと運動している団体「ジャスト・ストップ・オイル」に所属する二人は、ウクライナ情勢もあって、環境保護の面で足踏みし出した各国のエネルギー政策への抗議を込めて、こうした行動に出たという。

後に続けとばかり、今度はドイツ・ポツダムの美術館で成人男女二人が、印象派の画家クロード・モネの絵にマッシュポテトを振りかけたという。二人は、やはり環境保護団体のメンバーだと聞く。

こうした行為には、賛否両論が渦巻いている。貴重な美術品に対する冒瀆という声や、目的のためには手段を選ばずという考え方はテロ行為と同じで容認できないという意見も出ているようだ。他方、厳しい実行を伴わない環境エネルギー政策をこのまま続けていけば地球は破滅する、そのことへの警告を、明日を担う若い人々があえて行った勇気は是とすべきだ、美術品の保護よりも、地球全体の保護が大事だという意見もある。

こうした論議の裏には、人類の危機を回避するという正義のためなら、のんきに構えている人々への警告としての暴力行為も是認できるのかという根本問題が潜んでいる。

かつて女性参政権運動が燃え盛っていた一九一四年、所も同じナショナル・ギャラリーで、ベラスケスの絵画に傷をつけた女性運動家が言ったとされる言葉が思い出される。

画布の上の色や線と同様に正義も美の一つの要素だと。この言葉に同調して、美術品を目当てとした環境保護行動を起こそうという声も出ているらしいが、正義は、美を傷つけても美しいものだと言えるのだろうか。


（２０２２・11・７）

首のない彫像をめぐる論争

デンマークの美術館に長年展示されてきた、あるローマ皇帝の首の彫像があった。ところが、その胴体の部分が米国の著名な美術館に存在することが分かり、デンマークの美術館との間で賃貸や売買の話が出ていた。

そうこうするうちに実は、この彫刻はそもそもトルコから略奪されたものだと鑑定された。首も胴体も一緒にトルコに返還されるべきだとの議論が起こり、ニューヨーク・タイムズにまで報道されるような国際的論争になったと聞く。

思うに、そもそもこのケースに限らず、首だけ、あるいは胴体だけの彫像は世界のいたる所に見られる。盗掘や密売をするには彫像は大きすぎるので、首だけが持ち去られることが多いせいかもしれない。あるいは、彫像は権力者や著名な人物のものが多いが、そうした人物の評価は時代によって変遷する。後継者によってはそうした人物の権威を崩そうと、故意に彫像の首を切り取る例も少なくなかったようだ。

宗教的、思想的対立が存在するときにもそうした破壊行為がしばしば行われてきた。韓国などの仏寺では仏教排斥運動によって、首を切り取られた仏像を見ることがある。

実際の人間でも、アフリカや東南アジアのなかには、対立する相手の部族の「首」を切って見せつけることにより、自分の部族の権威をしめす風習をもつものもいたようだ。日本でも戦国時代や江戸時代には、敗軍の将や犯罪者の首が見せしめのために晒された。

こうして見ると、首は、特定の人物全体の表象であるという見方がとられてきたともいえる。彫像でいえば、切り取られたこと自体に意味がある場合もある。

冒頭のケースは略奪されたものだというので少々別かもしれないが、彫像の切られた首をどうしても胴体と一緒にすべきだとの主張には、にわかに首をたてにふる必要はないのかもしれない。

（2023・7・3）

葛飾北斎（1760—1849）の代表作「冨嶽三十六景　神奈川沖浪裏」。海外では“The Great Wave”（ザ・グレート・ウエーブ）の名で広く親しまれる＝長野県上高井郡小布施町・一般財団法人 北斎館所蔵（97 ページ「心の富士山」参照）

第四章

文化談義 Ⅳ

《文学の世界》

中国の成り金社会と文学

皆が貧しい人々のことを書いている時に、彼は金持ちのことを書いていた。だからこの時代、彼の作品はあまり人気が出なかったのだ—この言葉は、アメリカのある文芸批評家が、かつてジャズとハリウッド映画に世が浮かれていたころに人気のあった作家スコット・フィッツジェラルドの晩年の不遇を評したものだ。

フィッツジェラルドの作品は、第二次世界大戦後再評価され、その波に乗って、いくつかの作品は映画化もされた。わけても彼の代表作『偉大なるギャッツビィ』は、金権社会と成り金趣味の中で、僅かに残っていたロマンチックな夢が崩壊してゆく過程を描いた作品としてスクリーンの上でも話題を提供した。この作品の中で、富裕なギャッツビィの館は、金権のうなる時代における愛の荒廃と信念の欠如を象徴していた。

ところが、最近この『偉大なるギャッツビィ』の中国語訳本が写真入りで中国の新聞に大々的に紹介されているのを見て驚いた。

いくら改革と開放が進んだとはいえ、アメリカの金持ち階級の偽善と愛の空漠さを描いた小説が、現代の中国の若者の心をとらえ得るのだろうか。

そう疑問に思って、この中国の新聞の記事を読み進んでみて二重に驚いた。この記事の著者は云う。「文学作家は概して貧しい人を書く時は同情的で金持ちを書く時は批判的である」と。

確かに文学は上流階級には冷たいのかもしれぬ。それは作家たちが、上流階級の周辺をうろつきながら遂にその社会の一員になりきれなかったことから来る、「境界（マージナル）人間（マン）」的心理のせいなのかもしれない。そう云えば、ギャッツビィもフィッツジェラルドも、そして『偉大なるギャッツビィ』の中の語り手の役をつとめるニック・キャラウェイも「境界人間」だ。

中国社会も豊かな人々が登場し、その周辺をうろつくインテリが増えるにつれて、「境界人間」も増えているのだろう。いつの日か、中国文学史上に中国版の『偉大なるギャッツビィ』が出る日も遠くないのかもしれない。


（２００５・９・５）

世界の「源氏の世界」

源氏物語のロシア語訳を分析した博士論文の審査員の一人になったこともあって、あらためて、世界の主な言語での源氏の訳し方や源氏のテーマ、例えば、ものの哀れや源氏の恋の変遷に対する海外の人々の意見をいくつか拾ってみた。

アメリカをはじめ英語圏では、源氏を学ぶ学生には、フェミニスト（女権論者）的な見方を持つ者が多く、恋の相手の女性を次から次に変えてゆく源氏に対して女性の方が黙っているのは何たることかといった反応がよくあるという。平安朝時代の恋のあり方が、貴族社会の一種の遊戯であり、現代的なセックス感覚に支配されていなかったことを理解させることは時としてなかなか難しいらしい。

また、ものの哀れといった感覚をどう理解し、またこれをどう翻訳するかとなると極めて難しい。ただウェイリーやサイデンステッカーのように英語の名訳といわれているものをぱらぱらめくってみると、ものの哀れなるものを概念として何か他の英語（例えばメランコリーなど）に移しかえようとはせず、その場面場面で、情緒感を全体のテキストから出そうとしているようにみえる。

他方、フランス語訳やロシア語訳ではエモション（情緒）とかアチャラバーニエ（魅力）といった言葉がよく使われ、言葉による概念化が英訳よりはおこなわれているようにもみえる。

そもそも、「ものの哀れ」などという言葉の意味は、日本でも本居宣長、和辻哲郎、谷崎潤一郎をはじめ多くの人々がその概念を問題としており、別に定説があるわけでもなかろうから、「ものの哀れ」をパソコン時代の今日の感覚に移しかえること自体、外国語の翻訳以前の問題として大変なことだ。

とりわけ現代の恋物語は肉体と不可分になっていることも、源氏の世界を理解する上で困難な問題を提起する。あるインドの研究者は、インドの古典で恋が出てくる時は必ず顔や目や手や肢体といった肉体描写があるのに、源氏物語は衣服や髪の描写くらいで肉体への言及がほとんどないのはなぜかと自問している。

「源氏の世界」は、地球上でこれを読む人おのおのの感覚の世界においてのみ理解されるのだろうか。

（２００６・４・３）

歌と詠

和歌は書くもの、作るもの、そして詠《うた》うものだろう。書かれた歌を目で見て鑑賞するときでも、私たちの頭の中には常に和歌のリズム感覚が働いており、どこかで歌を「聴いている」。とりわけ、本来和歌は朗詠される機会が多かったから、書かれた歌の中には、あたかも楽譜のように多くの「音」がつまっているはずだ。しかも、そうした「音」は、実は同音異義語の多い日本語の特徴のせいで、不思議な連想の世界をつくり出している。いわゆる掛詞《かけことば》は、まさに「音」によって、二重写しの世界を現出させるトリックだ。

みるめなきわが身をうらと知らねばや
かれなであまの足たゆくくる

古今集にある小野小町の歌といわれるこの和歌を見ると、

みるめ━見る目と海藻《みるめ》
かれ━離れと刈れ《かか》
うら━恨みと浦

が、見事に同音異義の掛詞になっており、それによって、「海藻（みるめ）を、浜（浦）で刈る」あま（海士）のわびしい姿が連想され、そのわびしい姿に、恋人とあい見る（逢う）ことのできぬ恨みを抱いてわびしくさまよう人の心情とが重ね合わされている。

しかもこうした技巧の意味は、声を出して和歌を詠んでみると一層はっきりする。掛詞、縁語、同音異義の言葉によって、歌は覚えやすく、詠みやすくなっている。朗詠するからこそ、こうした技法の意味は一層心に響いてくる。昨今、漢詩を朗詠したり、和歌を詠うことは少なくなってしまったが、書くことと詠うことの連関こそ本当の詩心ではないか。

目で見る歌詞の内容的深さと、音で感じる連想の世界の広がりの二つが、現代ではとかく別々に分離されてしまっているのはいささか淋しいことだ。しかもポップソングになると、あまりに歌詞がばかばかしいものになり下がっている上に、深い詩的情趣がないものが多く、ただ大声で絶叫しているだけのように思えるものが少なくない。

フォークソングや民謡の復権、美しい歌の復興によって、歌と詠を再び合体させたいものだ。

（2007・1・15）

俳句とハイク

摩天楼のそびえ立つニューヨークの中心にある国連本部。そこで最近、少年少女の俳句・ハイク大会が開かれた。国連に働く人々の子供たちの通う国際学校の先生たちが中心になり、アメリカ東海岸所在のいくつかの小・中学校にも声をかけて日本語俳句、あるいは十七音節にまとめた英語のハイクを募集して入選作を展示したのだ。

初めてハイクを始めた子供たちも多く、それにもかかわらず、過ぎゆく風になびく草と、そこを歩む自分の心のふとした動きを連関させた、いかにも日本の俳句そのもののような感覚のにじみ出たものもすくなくなかったらしい。

子供たちの中には、小さな童話を書くつもりでハイクを作ったという者や、もっとハイクを作って将来は作家になりたいと思うようになった者もいると聞く。

日本の俳句が世界のハイクになってゆく過程で、季語はどうするかとか文字数の制限をどうするか、など俳句の本質をどうとらえるかの問題が起こってきたことは事実だ。

柔道が国際化してゆくにつれて、カラー柔道着の導入や体重制の採用など、日本の伝統的柔道とは違う要素が入り込み、柔道の真の精神とは何かが問われたことは記憶に新しい。同じようなことは、俳句が国際化すればするほど出てくることは必然だ。

中国では漢俳といって五・七・五の定型詩で韻をふんだものを中国風俳句と呼んでいるくらいだから、今に、アラビア俳句（ハイク？）も出てくるだろう。

ただ俳句と、ハイクと漢俳を比較してながめていると、日本の俳句の簡潔性が目立つ。同じ十七文字ないし十七音節でも、英語や漢字の方がはるかに言葉から出てくる情報量が多い。いいかえれば、どこか冗長である。俳句の持つ、きりっとした簡潔性が同じ短詩でもかなり薄れてしまっている。

俳句は一本だけ生けた茶室の花のように、余計なものをすべて切りとっている。エッセンスだけ残した、どこかきりつめた、省略の美学がそこにある。この特徴だけは、俳句がいくら国際化しても何とか残してほしいものだ。

五月晴れ句会に集ふ摩天楼（珍句）

（2007・7・23）

自由と束縛

ノーベル賞作家といっても、日本ではあまり知られていない作家もいる。二〇〇六年にノーベル文学賞を受けた、トルコの作家オルハン・パムク氏。最近、パムク氏の代表作「わたしの名は紅」につづいて「雪」が日本語に翻訳された。

この小説はちょうど九・一一の同時多発テロ事件の直後に発行されたため、事件を予知したものとして喧伝された。いわゆるイスラム原理主義に走る人々と、近代化のため世俗主義をつらぬこうとする人々との葛藤を描いているからだ。

もっとも、パムク氏は「実は、もともとこの小説には、ウサマ・ビンラディンも実名で登場していたが、九・一一事件があったので、彼の名前は削除した」と告白しており、きわめて「政治的」なこの小説の中身には相当気をつかったようだ。

個人の信条と政治との葛藤は、この小説の中で、一つには、女性のスカーフに象徴されている。厳しい規則に反抗してでも、学校にあくまで（髪を覆う）スカーフを着用して登校すると言い張って、最後は、周囲の圧力に耐え切れず自殺する少女。彼女は、スカーフ着用という「束縛」の象徴を、逆に、みずからの女としての純潔性を守る象徴として使う。通常は社会的束縛の象徴とみなされる事柄が、逆に個人の自由の一つの主張の象徴となっている。

そう考えると、イスラム社会における女性の解放や自由というものは、当の女性たちにとっては、きわめて複雑なものであり、日本も含め「西側」の人々が思っているような考えだけでは律しきれないことに、いまさらながら気付く。

自由とはなにか、束縛とはなにか。日本の「封建的」なしきたりも、束縛とばかりみなすことが果たして正当なのかどうかも考えねばなるまい。


（2008・5・26）

お姫様の恋

アラビアの有名な千一夜物語とほぼ同じころに書かれたという千一日物語。そこに登場する、中国の美しいお姫様と異国の王子との恋物語。それを基にして、プッチーニが作り上げたオペラ「トゥーランドット」。そこでは、お姫様は、求婚してくる異国の王子に、なぞなぞをしかけ、正解がでないと殺してしまう。

結婚はいってみれば、ある種の「資格」なり「能力」があるか否かによって決められ、お姫様の気持ちや愛情などは関係ない。むしろ、お姫様は、愛や恋におぼれることのできない人間として登場している。

愛も恋も知らないお姫様が本当の愛にめざめるのは、女奴隷が、自らを犠牲にしても恋の相手の幸せを祈るという行為を目の当たりにしたときだった。恋する女奴隷の自己犠牲の姿が、お姫様に「心」を与えたのだ。

一方、日本の竹取物語では、かぐや姫は、言い寄る貴公子たちに、この世で実現しそうもない難題をつぎつぎにふきかける。誰も難題を解決できないまま、かぐや姫は、不老長寿の薬を残して、空のかなたの月の都へ去ってしまう。かぐや姫の前では、自己犠牲の精神を示した者はおらず、かぐや姫は、本当の愛や恋を知らずに昇天してしまうのだ。

お姫様は、地位もあれば責任もある以上、勝手に恋におぼれるわけにはゆかぬ。トゥーランドット姫のように、表向き非人間的な存在になるか、あるいはかぐや姫のように、純真無垢のまま生涯を過ごすか、どちらにせよ、情熱の恋の許されないのが多くのお姫様の運命だ。

それなのに、お姫様も人間ではないかと、愛だの恋だの騒ぐのは、現代社会の風潮だが、そうなると、もはや、お姫様はお姫様ではないことになりかねない。お姫様は恋を知らないほうが、幸せなのかもしれないのだが…。

（2008・12・1）

現代の「ぬえ」

頭は猿、尾は蛇、足や手は虎に似て、その鳴き方は、鳥の鵺《ぬえ》に似るという妖怪。御帝《みかど》が何か物怪《もののけ》にとりつかれ悩まされておられる、宮中のいずこかに妖怪が出没するらしい――。そうした噂に意を決して立ち、妖怪をみごと打ち果たしたのが源三位頼政であった。

平家物語のこの有名なくだりは、能の一曲にもなって広く世に知られているが、この妖怪が真実何であったかについては昔からいろいろな見方があるようだ。

元はと言えば、この妖怪は、御帝の心の悩みの象徴であり、政や権力機構にひそむ権謀術策の暗い影の象徴と考えることができる。

一方、この物語が妖怪を退治した頼政をいたく評価して頼政の行動に焦点をあてていることから、妖怪はむしろ頼政の執念の象徴かもしれない。源氏の一族でありながら平家にくみし、しかも早く殿上人の資格たる「三位」になりたいと歌まで詠んで官位を熱望していた頼政である。その執心とそれをまた嘲笑する周囲の人々の心こそ妖怪かもしれぬ。

あるいはひるがえって、華やかな平安朝の宮廷生活の背後で犠牲になっていた多くの庶民のうらみと苦しみの象徴こそ「ぬえ」であったとも考えられる。

頼政に退治された「ぬえ」は、それだけでは足らず封じこまれて、淀川に流されるという仕打ちをうける。このように「ぬえ」が即座に抹殺されずその魂ともみられるものが、さらなる屈辱と罰を被るのは、妖怪が単に御帝と頼政の悩みや執念の象徴だったからではなく、社会全体のある暗い部分のシンボルだったからではあるまいか。

現代の「ぬえ」――。それは腐敗や性的スキャンダルや食品偽装や論文剽窃《ひょうせつ》であろうか。あるいは全てをデジタル化し数値化する技術の魔物であろうか。

（2009・7・27）

見えない真実

谷崎潤一郎の小説「春琴抄」。熱湯で焼けただれた顔を見られたくないという春琴。その春琴に仕える佐助は自らの手で自分の目を潰すことによって春琴への愛を全うし、同時に美しい春琴の姿を永遠に自らと春琴の二人だけの世界に化石化する。盲目となった佐助は、こうして目の開いた人の見ることのできない世界の中で、美しい夢と真実の愛を見る。

フランスの文豪アンドレ・ジードの「田園交響楽」では、盲目の少女は目が見えるようになった途端、人間のみにくさにふれる。ここでも盲目の世界は、夢の中の美しい世界と「同置」されている。

目が見えないが故に見える真実。それを個人ではなく社会全体にあてはめてみると、暗黒の社会、例えば独裁的権力や宗教的呪縛によって自由がおし潰されてしまっている社会では、かえって自由の価値や愛の豊かさが心の目の中に「見えてくる」とも言えそうだ。

今日の日本のように何事も自由で効率的な社会は、良しにつけあしきにつけ人生の「真実」がかえって見えにくくなっているかもしれぬ。

日本の中世以来の物語でも時として身体障害者が神秘的能力を持つものとして登場するが、これも真理を見分ける力と関係しているかもしれない。考えてみれば「それでも地球は動く」といったガリレオ・ガリレイは、中世の暗黒社会が育てた「真理の探求者」だったともいえる。

超能力の人物を育てられないなら、本当の真実を見るためにいったん目を閉じてみてはどうか。目をいつも開いていては意外に真実は見えないからだ。しかも目をつぶれば夢を見ることもできる。夢を描き同時に真実をみきわめるためにも、静かに目をつぶってみることもあってよかろう。

（2009・9・7）

詩を「歌う」心

タゴールと言っても、今やすぐ誰かと分かる人は、多くないかもしれない。アジア人として、初めてノーベル賞を受けたインドの詩人だ。タゴールは多才な人で、詩のみならず、小説、戯曲から、音楽、舞踊、さらには墨絵風の絵画にまで手を染めた人であるが、生誕一五〇周年にあたるというので、関係者が、記念講演会などを開いている。その一つに出席したときのことである。

壇上の講演者のひとりが、とうとうタゴールの詩の一節を読み上げた。それも、タゴールの母語であるベンガル語である。アクセントはあまりなく、むしろ日本語に近いような微妙な音の抑揚を特徴とするベンガル語を聞いていると、いかにも詩の世界に吸い込まれてゆくような気がする。

そうした雰囲気のなかで、詩歌の世界における音声と文字との関係をふと考えさせられた。

俳句を例に取れば、確かに句会では句を読み上げるが、俳句を作ったり、読んだりするとき、われわれ現代人は、目で見る文字を離れて、音声の効果だけで俳句を鑑賞する気持ちをどれだけ持っているだろうか。

和歌にしても、宮中の歌会始や、小倉百人一首のカルタ取りでは、歌を読み上げる「調子」

が、歌の中味とともに鑑賞の重要なポイントだったが、現代では、百人一首も、朗々と読み上げる人は少なくなった。一般的に言って、詩歌のなかのリズムや抑揚、いわば「歌」の要素、すなわち音声での訴えという要素が、いささか後退していないだろうか。

むしろ、詩歌の音楽的要素は、演歌をはじめとして、流行歌のなかに吸収されてしまって、文学のなかの詩歌は、とかく視覚の世界に閉じ込められてしまっている気配だ。やや寂しい気もするのだが…。

（2012・4・2）

虚構の楽園

通行人たちが一斉に同じ方向に顔を向けた。交差点際にある土産物屋の方を見ているらしかった。――（中略）――白い敷石を敷いた広場で、日本人の一団がおしゃべりに興じていた。彼らはまだ若く、私と同世代のようだ。――（中略）――肌の色艶もよく、すべすべしている。それは満ち足りた生活をしている者の顔だ。日本人に生まれたということは、世界じゅうどこでも誇りを持って生きられるパスポートを手にしたと同じことなのだ。――（中略）――彼らと私たちとの間には、どうしてこんなに違いがあるのだろう。（ズオン・トゥー・フ

オン著、加藤栄訳）

この文章は、一九八八年にベトナムで出版された、「虚構の楽園」という小説の一節である。ベトナムにかすかながら、改革と開放を旗印とした「ドイモイ」政策がはじまる兆しが見え始めたころに出されたのがこの小説だ。虚構の楽園とは、まさに、伝統的共産主義の束縛の下にあったベトナム自身をさしたものにほかならない。

それから四分の一世紀経った今日、ある中国の日本留学生は、日本の若い人々を観察して、次のように言っているという。

同僚の日本人の学生たちは、ろくに勉強もせず、就職活動だの、アルバイトだのと言いながら、結構楽しそうにやっている。それで、落第もせずに卒業し、なんとか職にありつくのだ。われわれは、血の出るような競争の上に苦労して必死にやっても、本国ですら就職できるかどうか、確かではない。そんな自分と日本人を比較すると、何故か無性にいらだたしくなり、世の中は不公平だと思えてきて、それが、日本や日本人観にも影響してくる、と。

いまや、日本は、別の意味で虚構の楽園ではないのか、深く考えてみる必要がありそうだ。

（２０１４・３・10）

詩歌のある生活

昭和二二年一〇月中旬、小諸で俳句会があった際、来訪した高浜虚子に、長野の俳人が、松《まつ》茸《たけ》を土産に贈ったという。それをうけて、虚子は、

松茸の荷がつきし程貰ひけり

という句を披露して、感謝の意を表した。

このように、かつては俳句は、ちょっとした挨拶文代わりに使われた。ものを送ったり、礼をいったり、お祝いをのべたりする際に、俳句をそえ、受けた方も、俳句で返すといったことも珍しくはなかった。ましてや、平安時代にまでさかのぼれば、男女の交際は、和歌の送答によって行われたと言っても過言ではないほど、詩歌は、日常のコミュニケーションの手段として使われていた。

それだけではない。いわゆる本歌取りといわれるように、特定の他人の歌をわざと下地にして歌を詠み、本歌の歌人と、時間や空間をこえて詩的なコミュニケーションを行うことすら稀ではない時代だった。

ところが現代では、詩歌は、芸術や趣味の領域に押し込められ、日常の挨拶や付き合いに使われることは少ない。

そんな風潮に逆らって、せめて現代の本歌取りまがいのことをしてみようと、ある詩歌作りをやってみた。先日、韓国の釜山を訪問したときのことだ。

釜山の港から、遠くに対馬の火影《ほかげ》（ともしび）がかすかに見える。そこで、拙いながら一句作った。

釜山港秋の漁火《いさりび》対馬の灯《ひ》

この歌は、対岸の日本側から韓国の地を遠望して詠んだ歌をいわば本歌にして詠んだものである。

本歌は、

対馬より釜山の灯《あかり》見ゆといへば韓国の地の近きを思ふ

である。皇后陛下が、平成二年、「島」という題で詠まれた和歌である。

（２０１４・11・10）

詩人と政治家

オリンピック開催国のブラジルでは、ジカ熱騒ぎや犯罪の多発などに加えて大統領の弾劾をめぐる政治的混乱まで起こっている。この混乱を逆手にとって、川柳まがいの風刺句まで飛び交っているようだ。その裏には、副大統領が、みずから作った詩集を発刊し、自分は詩人だと公言しているという事情もからんでいるという。

四〇歳以上も年下のミスコンテスト出場者を娶《めと》っている副大統領は、「赤い紅の火のような唇が自分をつかまえている」といった趣旨の詩を作って公にしている（もっとも、副大統領の詩の一部は彼の息子が書いたという噂もあるらしい）。

そもそも、政治家が時たま俳句をひねるというのならともかく、本格的な詩人でもあるというのは、欧米や日本などではあまり聞かれない。骨まで世俗的でなければやって行けない職業たる政治家が、世俗から最も離れて存在することを誇りとする詩の世界に同時に住むことは難しいだろう。

もっとも、現代中国では、毛沢東、周恩来など、かなり「文学的」詩作を残している政治家がいる。中国革命家のなかにこうした「詩人」がいることは、あるいは、革命というものは世俗的な考えだけでは実現できず、ある種のロマンを必要としているからかもしれない。

現に、周恩来が、雨けぶる京都嵐山で詠んだ著名な詩作「雨中嵐山」の最後の下りは、つぎのような文句で結ばれている。

人の世の万象《よろず》の理《ことわり》は
求むるにいよいよ模糊《もこ》たり
模糊たるうちに偶然
一点の光明を見れば
真《まこと》いよいよ姣妍《あでやか》なるを覚ゆ

ここで、詩人周恩来は、政治（革命の精神）を詩的な表現で謳っている。

（２０１６・８・１）

老境文学と姨捨

女性の「老境文学」が、広く読まれているという。「本が売れない時代異例の快進撃」（四月五日付本紙夕刊）ともいわれる。

女性の老境文学というと、何といっても、信州更級の姨捨山伝説の物語を思い出す。これには、幾つかの異なった系統があり、老婆を「捨てる」羽目になった息子の悔恨を中心にするものもあれば、隣国からふきかけられた難題を解きあかす老婆の知恵を強調したものもある。

他方、能「姨捨」では、老婆自身（その亡霊）が、姨捨山の名月を眺めて感慨にふける。そこでは、名月を観賞したいという、いわば俗念にいつまでも固執している老婆の気持ちが主題となっている。

しかし、何故姨捨山は信濃にあるのか。山と名月との連想、あるいは山村の貧困、あるいはまた、喧噪からはなれた地に存在した長寿の秘訣のせいなのだろうか。

他方、高齢化社会に突入した現代日本を見ると、別の意味での「姨捨思想」がいつのまにか広がっていないだろうか。それというのも、高齢者は、とかく介護や養護の対象とされ、そのための費用をどう捻出するか、消費税の値上げ、新しい高齢者向け保険、外国人介護者の受け入れ云々と、いずれも高齢者をある種の「お荷物」扱いしている。年寄りこそが長年の経験に基づく知恵の源泉であるとか、寝たきり老人だからこそ人生における究極の美意識や悟りの核心を得ることができる、といった発想はあまり表に出てこない。

謡曲「姨捨」のなかで、亡霊となって現れた老婆が、扇子をかざして名月を仰ぎ見るとき、月光のもとに浮き上がってくるのは、自らの空しさと醜さを自覚しつつも、なお名月を愛でようとする美意識である。老境文学の真髄はここに隠れているのではあるまいか。

（2018・4・16）

政治の世界と詩の世界

新年は、歌会始や新春句会などが詩的ムードをかきたてる。また、年頭教書や年頭演説など政治的抱負を語る時でもある。しかし、この二つの世界、詩的世界と政治の世界は、一見全く違う世界のように見える。

小説家でありながら政界へ入り、それなりの成功を収めた人は、フランスのアンドレ・マルロー氏など幾人かの名前が浮かぶが、詩人政治家、すなわち、趣味を超えて、政治の世界と詩的世界をいわば融合するようなこと、たとえば、みずからの政治的信条を詩的に表現することを好んだ人はいるだろうか。

歴史をたどってみると、西郷隆盛はそうかもしれない。西郷の著名な七言絶句「偶成」の一節「丈夫玉砕愧甎全」は、「瓦のように平凡無為な人生を生きるよりは、玉となって砕けるような生き方をすべし」という意味とされているが、維新の立役者でありながら西南戦争で悲劇的死をとげた西郷の人生は、まさに、この詩のとおりであったといえる。

しかし、近年、詩人でかつ政治家であった人として著名なのは、何といっても毛沢東だろう。長句と短句が入り交じった詩型「沁園春《しんえんしゅん》」の「雪」と題する詩は、前段で中国の雄大な自然を描いているが、後段は、歴史上の英雄の話となり、最後は、「数風流人物、還看今朝」という言葉で結ばれている。

風流人物とは、「雄大な自然をわがものにし得る人物」であり、「還看今朝」というのは「今現在に見いだせる」という意味のようだ。つまり、大中国の全体を抱え込むような人物は、今の（革命運動をすすめている）人々のなかにこそ数えることができるというのだ。

ここでは、まさに、詩的世界と政治の世界が見事に融合している。これは、革命が政治であるとともに、ある種のロマンであったからかもしれない。

（2019・1・7）

第五章

食物、飲物、食文化

食卓の飾りつけ

「煌《きらめ》きの食卓への誘い」と云う展覧会へ行った。フランスの「テーブル飾りつけ」の職人や芸術家たちが、その飾りつけを実際に展示して競演する会だ。

三、四メートル四方ほどの空間を割りあてられた二十人ほどの飾りつけ師たちは、単にテーブルの上の皿や花やグラスの置き方だけではなく、テーブルクロスや部屋全体の色調、さらにはテーブルと椅子と云った家具にも気を配らなければならない。一種の室内装飾の競演さながらであった。

燦然と輝くバカラのグラスやシャンデリアが使われ、シャンパンやワインがふんだんにふるまわれた会場は、それだけでどこか洗練された、豪華な雰囲気をかもし出していた。

「ナジャの晩餐」「夢想」「真珠の雨」と云ったロマンチックな名前をつけられた「作品」（展示品）は、それぞれ個性豊かで、これほどの飾りつけなら、料理はそれほど美味でなくてもよいように思えるほどだった。

サクラの「赤い」花が咲き乱れる「赤い」森の中で、花びらとも蝶ともつかぬ赤いきれはしが空中に舞っている作品などを見ると、食卓と云っても、森の中のピクニックの情景、それも幻想の中のピクニックの情景のように思えた。

しかし、会場を一巡して、どこか強烈な違和感を覚えた。何故だろう。そもそも食卓、とりわけ飾りつけた食卓とは、人を誘うもの、人をそこにひきつけ、とけこますものであるはずだ。ところが、ここで見られる食卓の芸術なるものは、飾りつける人の自己主張ばかりで、そこに招待される人々への優しさ、気配りが感じられない。

食卓の飾りつけとは、そもそも誰のためのものだろうか。それは飾りつける本人の自己満足、自己主張のためではあるまい。それは、そこへ招かれる人々の心を癒やし、豊かにするものであるべきだろう。

日本の料亭の飾りつけには、いつも客への配慮が感じられる。招きと誘いの精神がある。ところが、このフランスの展示会には、そうした精神は感じられず、ただ、芸術家や職人の才能の「煌き」だけが露出していた。果たしてこれが食卓の飾りつけの精神なのだろうか。

（2005・5・30）

マイはし運動

夫のはし、妻のはし、おばあさんのはし、花子のはし、太郎のはし――。ひと昔前には、どこの家庭でも一人一人のはしへの愛着が強かった。

昨今、弁当やテークアウトフードのはんらんで割りばし付きの商品が増えた。加えて外食が増大した結果、一人一人のおはし、私のはし（マイはし）という感覚は薄れているのではないだろうか。まして外食用に、はしを持ち歩くことはあまりない。

そうした風潮に「反逆」して、個人個人専用のはしの携帯を広げようと、マイはし運動が静かな広がりを見せていると聞く。

割りばしは、何千万もの人が使い捨てするから、年間使用量を計算すれば膨大な木材の量に相当することになる。日本人が一年に使う量を木造住宅に換算すると、数万戸になるとの推計もあるようだ。

世界の森林資源を守るために割りばしの量を減らしたい——その一環にマイはし復権運動があるようだ。

はしと資源との関係では、米国との国際交渉が思い出される。一九八〇年代のことであるが、日米間に丸太（原木）の輸出規制問題がおこり、米国から丸太に代わって製材しか輸入できない状況が生じかねない事態になった。

その時、ある日本の業界団体の代表者が「日本人は木材を無駄に使わない。米国で製材せず、日本が丸太を輸入し、日本で製材すれば、クズ同然の細片も割りばしとして使えるが、米国ではそうはいくまい。これこそ文化の違いだ」と主張した。

たしかに、割りばしには文化的要素、例えば、日本人の清潔感覚も関連しているし、また「マイはし」という概念には自分の使うものを自己の延長と考えるという、日本の伝統的（あるいは宗教的）感覚が込められているともいえる。単に、森林資源の保存や環境問題の観点だけから、はし論争を行ってはなるまい。

加えて、はしの使い方もよくできない子どもが増えている昨今、マイはしは別の効用があるかもしれない。

はしは、これを自分のもの、あるいは自分のペットのようなものと感じるようになれば、そこに「思い」が移る。そうなればはしを大切にする気持ちも深まり、うまく使うことにも役立つだろう。マイはし運動は、はし文化自体の復権にもつながるかもしれない。

（２００７・12・３）

山羊料理の風味

沖縄の町を歩くと、「山羊《やぎ》料理」という看板をかかげた店をみかける。どんな料理かと聞くと、生肉（といっても、鰹のたたきのように軽くあぶった感じのもの）か、スープにして食べるという。

どうして沖縄で山羊料理が発達したのか。歴史的には土地も限られた島で、良質のタンパク源を補給するため山羊の肉を食べたことから始まったらしい。現に、今日でも山羊の肉は力をつけ、精をつける源と考えられ、妊婦に与えることが奨励されたり、逆に、おできができた人や高血圧の人は食べないようにいわれるという。

伝統もさることながら、わざわざ「山羊料理」と銘打つだけあって独特の風味があるという。それというのも、沖縄の山羊は、針葉樹をかなり食べて育つので、広葉樹を専ら食べて育った所の山羊のように脂肪がのらず、食べやすい上に、ほのかに潮の香りが漂い、とりわけおいしいらしい。

いわれをみて、フランスのモンサンミシェルの羊をおもい出した。モンサンミシェルは風が強く、そのため潮風が牧草に塩をしみこませるので、その牧草を食べて育った羊の肉は、ほのかに海の香りがして特別に珍重されている。

思えば沖縄も風の強い日が多い。その風が海の香りを運んで、山羊の肉の味にも影響しているのだろう。

山羊の肉といえば小説「モンテクリスト伯」にも登場する。地中海の一角の小島、モンテ・クリスト島に上陸したフランスの貴族は、この島のまずい山羊の肉を食べるよりはましだと洞窟の中で巌窟王、モンテクリスト伯の招待をうける。それが復讐劇のきっかけになる。そうして見ると山羊の肉の風味は、人の運命にもつながっていることになる。

（２００８・６・２）

茶文化談議

お茶――。何でもないように思えるこの飲み物にも、よく考えてみると日本独特の「茶文化」なるものがあるような気がする。

茶文化といっても、必ずしも茶道の作法や茶室での接待だけを意味するわけではない。旅館、料亭、宴会など、いたるところでお茶が出、しかも通常お茶の代金は請求されない。そして茶を出すのが客に対する挨拶の一つとされている。それが根拠に「お茶もさしあげずに…」などと、帰る客に言い訳することも度々だ。

ところが、この茶文化なるものは、東アジア共通の歴史をもつとはいっても、実は中国、韓国では「茶道」といった「芸」の道は、近代においてはほとんど存在しない上に、黙っていてもお茶が出てくるレストランや旅館はあまりない。

韓国を例にとると、高麗時代の貴族たちの間では茶文化が盛んであったが、その後衰退してしまった。

何故衰退したのか、と韓国の友人に聞くと、茶文化の担い手は、元来仏教僧であったが、李朝時代に儒教が中心におかれ、仏教は弾圧ないし抑圧されたため、茶文化が滅びたというのだ。ところが別の韓国人によると、茶税のせいだという。茶にかける税金を高くしたため茶の価格が上がり、従来茶をのんでいた人々がお茶をやめてむしろ酒（どぶろく）に走ったというのだ。いずれの「説」も、半分納得がゆくようで半分納得がゆかない。

日本では茶文化が武士階級を中心にどこかで深い精神性を持つようになり、その精神性が茶をのむ行為の中に、どこか残りつづけているのではあるまいか。茶文化の中の精神は何かを、岡倉天心の「茶の本」にならってあらためて問う時が来たのかもしれない。

お茶をのみながらふと考えたことである。

（2008・12・15）

雑煮あれこれ

お正月の雑煮を食べながら、いつになく、他の家庭ではどんな雑煮を食べているのかが気になった。夫婦二人になって、子供たちも独立しており、正月に顔を合わせるとはいっても雑煮まで一緒に食べなくなったせいであろうか。

わが家では、元来澄まし汁に、カモとホウレンソウなどを入れ、もちは焼いた角もちをつかっていたが、妻の実家では、干しエビや猪肉をつかうこともあったようだ。

普通、関東及び東北は澄まし汁で、もちは焼いた角もち、具は、魚類が多いといい、関西では、白みそ仕立てに丸いもちをいれて煮るのが普通といわれているようだが、その土地土地の産物をつかうだろうから、全国各地、雑煮地図ができるほど千差万別らしい。

みそ汁か澄まし汁か、具をいれるかいれないか、いれるとすれば魚か鳥か獣肉か、もちは四角か丸か、煮るのか焼くのか、それにみそといっても白みそか赤みそか、魚といっても…と、言い出せばまさに駅弁なみのリストができるだろう。

しかし、こうした伝統が、いつまで持続できるか、いささか心配だ。それというのも、雑煮の意味は、料理を食べることだけにあるのではない。雑煮は正月の祝いの象徴であり、家族や親族の愛着のシンボルである上、元来は、正月の雰囲気ととけあった、どこか神聖なものだ。

いわば、神棚のお供えものを、人々があとで共に食べる、つまり、神と人との共食という意味すらあったはずだ。

その土地その土地の特産をことさら意識して雑煮をつくるのも、その土地との精神的つながりをあらためて確認する意味があったといえる。

このように、雑煮を単に料理としてではなく、精神性をおびた一つの文化的儀式と考えないと、各地の雑煮の伝統を守ることは難しかろう。

（２０１０・１・18）

美食の本質

メキシコ料理や地中海料理とならんで、フランスの「美食」が、ユネスコ（国連教育科学文化機関）によって「世界文化遺産」に認定されたと聞き、いささかびっくりした。食は文化の一つとはいえ、これを世界遺産として認めたことはこれが初めてだからだ。果たしてどういうことなのだろうかとユネスコのホームページを開き詳しく調べてみた。

そこでまた驚いた。フランスの「美食」の認定なるものは、いわゆるフランス料理そのものを認定したとはいい難いのだ。フランス料理の作り方や食材が世界の文化遺産になっているわけではないのだ。そこで定義されている「美食」とは、料理法や食材というより、食べ方ないし食事のスタイルである。

美食はまずアペリティフ（食前酒）に始まり四つのコース（前菜、野菜を添えた魚または肉料理、チーズにデザート）があり、その後にリキュール（食後酒）があるとされる。

そればかりではない。テーブルセッティングがきちんとしており、左右対称のアレンジがなされ、ナプキンも「美術的」にたたまれていなければならず、テーブルの上にメニューがきちんと印刷されておかれていることが望ましいとされる。

ほかにもある。食事のテーブルで人々は、しゃれた会話を楽しみ、美食談議に花を咲かせる、そして、そうした会話を十分楽しむためにも、客はデザートが終わってもすぐにはテーブルをはなれるべきではないとされる。

何のことはない、「美食」とは、食べるものや料理のことを言っているのではなく、食べ方とマナーをさしているのだ。

「美食」は美しい食物にあらず、美しい食べ方だということらしい。


（２０１０・12・13）

料理の名前

珊瑚翡翠《さんごひすい》――。香港でそんな名前の中華料理に出くわしたことがある。一体どんなものが出てくるかと思っていると、何と、カニのたまごをブロッコリーにあえたものだった。たまごの橙《だいだい》色が、たしかに珊瑚の色に見え、野菜の緑は翡翠の色に近い。
日本料理でも、甘露煮とか霜降り肉からはじまって、懐石料理などでも詩的な名前をつけることが多い。とりわけ、和菓子の世界では、季節感の演出もあって、西洋菓子などにくらべると、至って「詩的」というかロマンチックな名前がついているように思える。

ところが、いろいろな料理も国際化されて、違った国籍の人々が食べるようになると、そこに料理の翻訳の問題が入り込んでくる。

スシ、スキヤキ、テンプラなど、いちいち内容を考えて翻訳していたら、およそ食欲のわかない名前になってしまったり、とんでもない印象をあたえることになりかねない。

最近、中国で問題になったものに、「童子鶏」という料理の翻訳がある。これは、若鶏の焼き物だが、童貞との連想から、「性生活をしていないチキン」と訳して出す店があって、誤訳を指摘されたかと思えば、「夫妻肺片」という、牛肉と牛舌をチリソースで炒めた料理を、英語で夫婦の肺の切り身などと訳して客をギョッとさせた例もあると聞く。

有名な麻婆豆腐なども、よせばよいのに、「麻点」という言葉が、点々のあるものを意味することから、「ソバカス顔のお婆さん」という意味の英語に訳したという落語なみの例もあったという。業を煮やした中国政府当局は、数百種類の中華料理の名前の「標準的」翻訳のマニユアルまで作成してホテルに配ったこともあったそうだ。

食文化の国際化の思わぬ落とし穴は、料理の名前の翻訳かもしれぬ。

（2012・4・9）

ドン・キホーテの食物

「ドン・キホーテ」というと、風車を見て、巨人の悪者が大きな腕をふりまわしているものと思い込み、槍を片手に突進したりする、気の触れた「騎士」の姿を思い浮かべる。

しかし、一七世紀に書かれたこのスペインの古典は、多くの古典文学がそうであるように、その時代の社会の深層心理や、時代をこえても変わらぬ人間の心のあやを表現している。

「ドン・キホーテ」の第一章には、「騎士」として遍歴にでかける以前のドン・キホーテの日常生活が描かれている。それによると、ドン・キホーテは、土曜日には必ず「苦痛と損傷」と称する料理を食べていたという。

さて、「苦痛と損傷」という料理とは何かについては、専門家のいろいろな考証があるようだが、今日、一般的には、塩豚にいためた卵をあえた料理を指すとされている。

この料理を、何故に「苦痛と損傷」などという難しい名前にしたのかは、はっきりしないが、塩豚料理がここで毎土曜日に出てくることには、深い意味があるらしい。

スペインは、中世において、長い間イスラム教徒の支配下にあり、ようやく、一五世紀末になって、スペイン王国が成立した歴史をもち、イスラムの影響は長く社会に残っていた。

ところが、ドン・キホーテは、中世の騎士道を信じる、敬虔なキリスト教徒である。この「騎士」としては、自分がいかに純粋なクリスチャンであるかを示したい。そこで、イスラムにとって特別の曜日である土曜日に、わざわざイスラム教徒には禁食とされる豚を食べる習慣を身につけていた、というのである。

食物を口に入れるときには、その「心」もかみしめねばならぬという教えがここにあるのだろうか。

（2012・5・21）

ワインとグラス

年末年始は、どうしてもお酒を飲む機会が多い。最近は銘柄も豊富に出回っているから、風味を比較して楽しむこともできるが、日本酒の場合は時として盃の絵柄や形が気になることもある。ところが、ワインとなると、意外にグラスにこだわる人は少ない。しかし、日本酒以上に、ワインを真に楽しむためには、グラスに注意しなければならないと言われている。

第一に、色のついたグラスや、陶磁器の盃など、中のワインの色を良く見分けることのできないものは、避けなければならないとされている。なぜなら、ワインの「鑑賞」は、まずその色の判定から始まるからだ。

もっとも、グラス本体ではなく、取っ手のところが色づけしてあるものは、フランスのアルザス地方のワインのように、特定の地方のワインとコンビになっている器もあるから、一概に悪いとはいえないだろう。

次は、ワインの香りとグラスとの関係だ。注がれた液体から立ちのぼる香気を嗅ぐためには、口のところがあまり小さくては困る。さりとて、カクテルグラスのようなグラスでは、香りがすぐ逃げてしまうので良くない。グラス全体の大きさと口の開き具合のバランスが大切なようだ。

問題は、味の吟味とグラスとの関係だ。グラスがあまり厚手だと、ワインを飲む際、ワインと舌との間にガラスの壁ができたようになり、微妙に舌の感覚に影響すると言われる。ワイングラスが、かなり薄手のものが多いのは、どうもそうした理由によるものらしい。

さらには、ワインが、口の中に流れ込むスピードや流れ込み方が、舌の感覚に影響するようだ。そうなると、丸いグラスの曲線の曲がり具合も重要となる。

いやはやワイングラス談議も夜更かしの源になりそうだ。


（２０１３・１・28）

心のごちそう

軽井沢町の軽井沢大賀ホールでのいろいろな催しの記事を見るたびに、亡くなった大賀典雄氏のことを思いだす。もとより、ソニーの社長として、また音楽家として、国際的にも活躍された大賀さんの思い出は多岐にわたるが、そのなかでも、大賀さんの自宅での夕食会は、いつまでも記憶に鮮明に残っている。

今から六、七年前、東京隅田川べりに立つ、真新しい高層マンションに招かれて行ってみると、大きなガラス窓にかこまれた部屋から見下ろす東京湾の景色は、折からの夕焼けのなかで、巨大な人工のパノラマのように浮かび上がっていた。

しかし大賀氏は、景色を賛嘆する客たちの声に軽くうなずくだけで、一緒に感嘆するような素振りは全くみせない。どこか淡々とした風情がただよっている。

やがて、主賓の駐日ドイツ大使や、ごく少人数の相客とともに食堂へうつる。

大きなピカソの油絵が数枚、食堂の正面の壁を飾っている。テーブルから一メートルもはなれておらず、椅子をうしろに引き過ぎると肘でもあたりかねないほど、どこか無造作に、高価な美術品が掛けてあるのに驚く。誰かがピカソですね、というと大賀氏はそうですというだけだ。別に特別なものをおいているといった口調ではない。

食事は、ローストビーフだ。

「家内と一緒に四時間ほど火加減を見て焼いたものです」と、大賀氏は言うと、自ら、ナイフでローストビーフを切りとり客の一人一人に配った。

富豪の大賀氏なら、特別に料理人を呼んで調理さすこともできれば、高価なレストランで接待することも容易なはずだ。それをせずに、夫婦自ら献立を考え、自宅で肉を焼いて客にとりわける。それは、まさに「心のごらそう」だった。

（２０１３・４・15）

似て非なるもの

お茶づけといえば、コメの御飯にお茶をかけるのであって、お茶のなかに御飯を入れてかきまぜる人はなかろう。みそ汁と御飯であっても、普通は、御飯にみそ汁をかけるのであって、みそ汁のなかに御飯を入れる人は少ないだろう。ところが、お隣の韓国では、汁の中に御飯をいれる。

桂香《ケヒャン》のように美しい娘から、「もっとお召しあがりになって」と、真心こめて勧められたことは初めてだった。――（中略）――桂香は亨植《ヒョンシク》の匙《さじ》を奪うと、汁椀《わん》に御飯を入れて混ぜてくれた。

韓国近代文学史上有名な作品「無情」の一節だ。ここでは、亨植と名乗る青年が、優しい女性の接待に感激しているが、それは女性が、汁に御飯を入れてくれたからだ。

そんなことができるのは、韓国では、食事にお箸だけではなくスプーンを常用するせいもある。日本では、器から器へ移さねばならないから、勢い、汁を飯にかけることになる。

それに、韓国では、飯椀は、意外と大きいのが普通であり、しかも、飯椀を持ち上げて食べることはせず、置いたまま御飯を食べるので、そうした習慣の違いも影響していよう。

その結果、韓国の飯椀は、日本人から見ると味気無いものが多い。金属製品だったり、また陶磁器でも、奇麗な模様のついたものなどはとんと見かけない。椀を手にとることがないので、見ばえを気にしないのだという説もあるくらいだ。

模様といえば、中国の飯椀は、小ぶりで、しかも白色の簡素なもので、デザインがついているものは普通見かけない。これは、飯椀をもちあげて、御飯をかきこむのが中国の風習でそれに合わせたからとも考えられる。東アジアのコメ文化も、似て非なるところがあるようだ。

（２０１４・２・17）

アメリカ料理とは

日本料理、中国料理、タイやベトナム料理、インド料理、トルコ料理、そして、フランス料理、イタリア料理、スペイン料理と数えてゆくと、世界の「主な」国には、その国の伝統や文化の結晶である、お国料理がある。

ところが、アメリカ料理を専門とするレストランなどというものはまず聞かない。アメリカ料理なるものがあるとすれば、ハンバーガーにフライドチキンにコーラ飲料ぐらいだろう――。そう言って憚らない人も多いだろう。

しかし、料理が、その国の文化や精神や特産物の結晶であるとすれば、アメリカにもアメリカの精神を体現する料理があるはずだ。そう思って深く考えてみると、一つの料理につきあたる。それは、感謝祭の七面鳥料理だ。

一一月の第四木曜日に行われる感謝祭は、英国国教会に反抗してアメリカへ渡った、いわゆるピルグリム・ファーザーたちが、移住後初めての収穫を神に感謝する意味で始めた行事にほかならない。

その感謝祭には、七面鳥の丸焼きが供されることが慣例だ。これに、クランベリー（ツルコケモモ）ソースなどをかけて食べるのが、いわゆる感謝祭料理だ。

七面鳥は、北アメリカが野生の種としては元祖のようで、アメリカらしい材料だ。それに七面鳥は、インディアンの伝説では、人間に農作物の収穫をもたらす神の使いとされ、また、その羽毛もきらびやかなインディアンの服飾品として使われ、人々にとって間近な存在だった。

おまけに、七面鳥の肉は柔らかく、生後四ないし五ヶ月ほどで食用に供することができ、しかも、ちょうど秋の末から冬にかけては脂ものって肉が美味しいとされる。

まさに感謝祭の七面鳥こそ、アメリカの精神と産物を詰めたアメリカ料理ではあるまいか。

（２０１４・12・22）

料理と音楽

デザートとして有名なピーチメルバ。アイスクリームに桃を添え、ラズベリーソースをかけたあの華やかな色と形と味は、有名なフランス料理のシェフ、エスコフィエが発案したものとされている。エスコフィエは、ある女性歌手に感動してこのデザートを考えついた。ここでは、音楽が、料理に刺激とインスピレーションを与えている。

逆もまたしかりだ。料理、あるいは食材の味のすばらしさを音楽作品にすることもある。ロッシーニが書いた「四つのオードブル」などはその一つだろう。ロッシーニ風ステーキなどという料理があるように、ロッシーニは音楽家としてのみならず、食い道楽で有名だった。

他方、音楽作品を書くコツと料理をつくるコツとは似ているところがあり、それを使って音楽家がおいしい料理を発案した例もある。

例えば、牛肉の煮込み料理の典型グーラッシュを発案したのは、ミュージカルの作者だそうだが、これに改良を加えて、煮え上がる直前に子牛の肝臓と腎臓を入れて味を整えることを提案、実行したのは、なんとあのシューベルトだったという。音楽作品の最後の部分に味をつけて盛り上げるのと、料理に特別な味をきかすことには共通点があるということかもしれない。

そもそも、フランス料理のみならず、日本の懐石料理でも、バランス、あるいはハーモニーを重んずる。おなじ食材や類似した料理を、同じメニューのなかで二度出してはいけない。このことは、伝統的フランス料理では固く守られてきた。ポタージュの後にグラタン風の料理を出すことも控えられた。

まさに、音楽のシンフォニーのような、均整と調和が重視されてきた。そこにも、音楽と料理の「相性」が見られる。

（２０１５・７・13）

カキの効用

秋になって九月、一〇月と英語でいえば、その月の名前に「R」の字が登場する季節となって、(岩ガキは別として)、カキ(牡蠣)の食べ頃となった。

牡蠣というと思い出すのは、フランス在住時代に「牡蠣騎士」(シュヴァリエ・ド・ユイトル)という称号を、フランス牡蠣の名産地ブルターニュ地方の町サルゾーの市長から授けられたことだ。

市長によれば、何でも、第二次大戦前のことだが、ブルターニュ地方の牡蠣が、一種の伝染病で大量に死滅したとき、日本の牡蠣を輸入し養殖して危機を乗り切った歴史があり、ブルターニュの牡蠣は、いわば日本原産のものもあるのだ、ということだった。

牡蠣はフランスでは、大晦日の年越し料理としてよく出されるが、一つには、牡蠣が栄養豊富で、ある種の媚薬的効果があると信じられているせいもある。これは、牡蠣(卵生種の場合)が、オスからメスそしてまたオスと性転換する生物だからなのかもしれない。

その牡蠣の別の「効用」が近年見直されている。

そもそも牡蠣は、入水孔から海水を吸い取って成長するが、吸い取る海水の量は、一時間あたり一〇・四から一リットルに及ぶという。その際、牡蠣は、海水の中の各種バクテリアを吸いこむので、海水の浄化に役立つ。くわえて、最近の研究によると、牡蠣の貝殻を焼いて処理し、これを利用すると、海水中の硫化水素を無害なイオンに変換できるという。

今東京湾は水質の関係で原則遊泳禁止だが、このままでは、二〇二〇年の五輪大会で、東京の海を人々に楽しんでもらうことができない。東京湾に巨大な牡蠣の養殖場を造り、海水浄化と美食推進の一石二鳥といかないものだろうか。


（2015・10・5）

塩の功罪

近年、高血圧予防のためと、減塩や塩分カットの塩調味料をすすめられることがある。その一方、伝統的に醤油を味付けに使っていた料理に塩を使う場面が、増えているように見える。すし、てんぷらなどでも、材料如何で醤油ではなく塩で食べるようすすめられたりする。

トンカツですら塩で食べる店も登場している。しかも出される塩は、南米アンデス産のピンク色の塩であったり、チベットなどで産出する黒っぽいヒマラヤ塩だったりする。海外からの塩は、いわゆる岩塩がほとんどで、香りに特長のあるものが多い。

日本では岩塩はあまりないものときめこんでいたが、下伊那郡大鹿村の温泉から「山塩」といわれる塩が「作られている」ことは知る人ぞ知るところだ。

それなら近くの地下に岩塩層がありそうなものだが、いまのところ見つかっていないらしい。周辺には「鹿塩」はじめ、塩という字のつく地名がいくつかあるが、古来信州には、愛知県あたりから塩を運ぶ「塩の道」があったことを考えると、塩のついた地名を根拠に岩塩があると早合点はできまい。

思えば塩は、古代ローマでは、軍人や役人の俸給として支給されていた時代があり、ラテン語でサラリウムと呼んでいたことから、英語のサラリー（俸給）の基となり、日本のサラリーマンの語源になったという歴史は知られている。

この歴史が象徴するように塩は人類にとって貴重な資源だった。だからこそ敵に塩を送ることが美談となったのだろう。

日本では、相撲の土俵や料亭の玄関、はてはお葬式など、塩は清めに用いられているが、アフリカ大陸などでは汚れの象徴とされている所もあると聞く。

塩の功罪は文化の面でも、健康面でも難しい問題だ。

（２０１７・６・５）

料理の芸術性

フランス料理の代表的シェフ（調理人）で、いわゆるヌーベル・キュイジーヌ（新式料理）の旗頭ともいわれ、日本人にも馴染みの深かったロブション氏が亡くなったのは、実に残念なことだ。

一流の料理は、一種の芸術であり、個性と創造性をどう生かすのかがキーポイントであることを、世界に発信したチャンピオンだった。氏はまた、日本料理の季節感や素材へのこだわりに感銘をうけ、創造性に富んだ「新しい」料理への触媒として活用した。

もっとも、世の中には「新式」を嫌う人もいる。たとえば、一九九六年、パリに匹敵するほどフランス料理の名店がならぶリヨンで、サミット（先進国首脳会議）が開催された際、ドイツのコール首相は、「新式」フランス料理はやめてほしいとわざわざ注文をつけたほどだった。

このエピソードは、「新式」料理についての好み如何の問題をこえて料理の「芸術性」に関する基本的問題を暗示している。

フランス料理のように、何百年の歴史と伝統と形式に育まれた料理を真に賞味し、その「芸術性」を評価するには、料理を食べる方に、それなりの「鑑賞眼」が必要であるということだ。コール首相の「新式」料理の忌避は、裏を返せば、創造的な料理を食べて評価することの難しさを示唆している。だからこそ、仏料理の古典的教本ともいわれる「美味礼讃」を書いたブリア・サヴァランは、美食の食卓を「超絶世界」、正しく食べることを「偉大な芸術」と呼んでいるのだ。

このように、料理の芸術性は、料理を作る人と食べる人双方の鋭い感性があって初めて成立する。革命が革命家と人民の結合であるように。だからこそ、レーニンは、料理人は国家を統合する術を学ばねばならぬと言い、ロブション氏も仏料理の革命家と呼ばれるのだろう。

（２０１８・８・20）

チョコレートと熱帯林

バレンタインデーが近づくと、デパートなどのお菓子売り場ではチョコレートが目立つ。チョコレートの語源は、メキシコの先住民アステカ族が飲んでいたチョコラトルという飲料にあるという。この飲み物の原料はココアないしカカオ豆で、これも同じ先住民の言葉カカウアトルから出ている。

それが、コロンブスによってヨーロッパに伝えられ、飲み物や菓子として普及するようになったのは、カカオの豊富な栄養素（脂肪分と糖分）にもよるが、有名なオランダ人ヴァンホーテンによる脂肪分の分離や、スイスのミルクチョコ製造技術など、いろいろな工夫が加えられたためでもあるようだ。

今や、チョコレートは欧米を越えて、日本、中国をはじめ、アジアでの需要も高まり、カカオ豆の産地で、欧州のメーカーとも縁の深いアフリカ、とりわけ、主産地のガーナや象牙海岸では、ここ数十年の間に、カカオ豆（すなわちカカオ木の種）をもつ果実を実らす樹木を増やすために、原生林が犠牲になっている。

たとえば、象牙海岸やガーナでは、一九八〇年代と比べて原生林の面積が八〇％近く減少しているともいわれる。その結果、原生林に生育していた象、豹、カバなどの動物が、わずかに残った森林へ追いやられ、生息数の減少をまねいてきたほか、動物の生息域が限定されたため、密猟がしやすくなっているという。

日本にチョコレートが初めて導入されたころは、「貯古齢糖」と呼ばれていたことを思うと、「貯好林糖」とでも呼びかえて、森林保全の基金にチョコレートの代金の一部を寄付することも一案ではなかろうか。現に、いくつかの世界的食品メーカーは「カカオと森」プロジェクトを発足させ、アフリカなどの森林保全に乗り出しているというのだが…。

（２０１９・１・28）

野菜だけのフランス料理

昨今、ヴエジャンまたはビーガン（ＶＥＧＡＮ、菜食者）という言葉が、英語社会では日常語になってきた。わが国でも、牛肉に代えて大豆による「肉」を使ったハンバーガーを売り出す店も増えている。

菜食というと、歴史的には、禅宗の精進料理や、ヒンズー教の菜食主義など、宗教的戒律に基づくものがほとんどだった。そうでなくとも、トルストイのように、動物屠殺の残虐性が戦争とも結び付きやすいとして、人道主義、平和主義の見地から菜食を勧めるという考えだった。ところが、現代の菜食は、肥満防止という健康上の動機によるものに加え、環境保護の観点から推奨されることが多い。すなわち、畜産にともなう環境負荷をへらすことが強調される（畜産業にかかわる地球温暖化への影響は、全体の一割を占めるという見方もあるほどだ）。それに、環境保護思想だけではなく、動物愛護精神の影響もあり、フランス等では牧場へのいやがらせ行為が社会問題にまで発展している。

そのフランスで、グルメガイドのミシュランの推奨レストランに、フランス料理店としては初めて菜食専門料理店が掲載された。「オナ（ＯＮＡ）」という名前のこのレストランは、料理に全く動物の肉や部位を使わず、店の内装にも皮革、羊毛製品など動物性のものは使用しないという徹底ぶりだという。

最近、また伝統的フランス料理の故郷といわれてきたリヨンで、市長が、コロナ対策の一環と銘打ち、学校給食から肉料理を削除する決定を行ってフランス全土で論議を巻き起こしている。そこには、環境保護や動物保護の問題を超えて、フランス料理の「文化的」あり方は何か、肉のないフランス料理もフランス料理といえるのかという、別の次元の問題がからんでいる。

逆に、日本の懐石料理に肉類が登場し出しているが、その是非につき文化的論議が必要かもしれない。


（２０２１・４・12）

食物と気分

食物が、身体の健康に及ぼす影響は、太り過ぎや高血圧との関連もあって、多くの人の関心の的となる。ところが、特定の食物が、人間の神経、感情、気分にどう影響するかという点になると、「科学的」研究としてはあまり注目されてこなかったきらいがある。

しかし、文学作品の上では、食物が人間の気分を大きく左右する話が古今東西、しばしば登場してきた。

林芙美子の小説「うなぎ」では、夫を失い、戦争直後の混乱期に心ならずも身を持ち崩した女性が、ウナギのかば焼きの香りをかいで、気分を転換させ、同時に自分自身の身の振り方を反省する場面がある。

ドイツのノーベル賞作家、ギュンター・グラスの作品「ひらめ」では、牛の内臓料理は、憤慨した男の怒りを鎮めるとされ、また、さみしいとき（心が寒いとき）には、雌牛の四番目の胃袋の料理がいい、というくだりがある。

こうした「食」と人間の心理や気分の関係が最近、あらためて注目されている。それというのも、コロナ禍にあって巣ごもりや在宅勤務が増え、その反動で憂うつ症などにかかる人も少なくないためらしい。

興味深いのは、乳製品や肉類、パスタ、菓子類などは、肉体的のみならず、精神的安定の上からもあまり奨励できないという研究結果もあることだ。例えば、憂うつ症の人々に野菜、果物、魚料理などを与えた方が、肉類やパスタなどを与えるよりも症状改善に役立つというのだ。

野菜や果物や魚を多く摂取する結果、肉体的健康が良くなり、それが精神的にも影響するのかもしれず、因果関係の実態解明は難しいとも思えるが、ともあれ、食物が人間の気分を変える触媒となることは、あっても不思議ではない。

コロナ禍の下でも気分爽快になる食物や料理は何か、各人それぞれの場所で試してみるのも一興かもしれない。

（2021・5・31）

おふくろの味とネギ

昨今、おふくろの味という言葉をあまり聞かないような気がする。そもそも都会を中心に家庭料理そのものが外食やコンビニに押された上、パスタやカレーが流行して、いささか洋食化しているせいもあろう。

一昔前までは、街行く人の買い物袋からネギが顔を出しているありさまが、家庭料理と家のぬくもりを感じさせるよすがとなっていたものだ。やはり日本では、野菜、とりわけ庶民的感じの漂うネギなどが、家庭料理を彷彿とさせる。

ネギでも玉ネギは、中東原産で欧州に広がり、そこから日本に持ち込まれた歴史が象徴するように、どこかバタ臭く感じられ、やはり、棒ネギの方が「日本の香り」がする。

そもそも西洋料理は日本料理に比べると、野菜よりも肉、魚、果物、乳製品が中心になりがちだ。著名な画家の絵画を見ても、オランダの画家アドリアン・コールトのアスパラガスの絵などは例外で、肉、魚、果物を描いたものがほとんどだ。文学でも、あまり野菜、とりわけ庶民的な野菜にはお目にかからない。

それに、そもそも英語などでは、日本のネギにぴたりとくる言葉がない。よくネギをリーク（leek）と訳する人がいるが、リークは白く丸い根っこの部分を食べる場合が多く、日本のネギとは違う。仕方がないと、スカリオン（scallion）とかウェルシュ・オニオン（welsh onion）などと呼ぶ人もいるようだが、ことほどさように、日本のネギは、日本的で、他のネギ類とは違うといえそうだ。

だからこそ日本では、池波正太郎の時代小説「剣客商売」のねぶか汁のように、ネギが小説にも堂々と登場する。しかも、下仁田ネギとなると、徳川将軍に献上されて殿様ネギと呼ばれたりしている。

ねぶか汁、ねぎとろ、鴨ねぎ、ねぎまなべ、ねぎ南蛮などのネギ料理で、おふくろの味の復権ができるかも…。


（2021・6・28）

肉食談議

ハンバーガーといえば元来、牛のひき肉を挟んだパンのはずだが、本場の米国でも牛肉に代えて、大豆やジャガイモを肉のように調理したものがはやりだして話題となった。

近年健康志向の人が増え、肉食は健康によくないとして、肉食を控える人が増えているせいもあろう。また、畜産の過程で環境汚染や環境負荷が生じやすいとして、環境保護の観点も影響しているようだ。もっとも、畜産は元来、人間がそのままでは食べられない植物を動物が食べ、その動物の肉を食する人間のエネルギーに変えているので、自然の法則にかなっているという意見もある。

健康との関係では、最近、米ハーバード大学の研究者グループが、四十万人近い人々の統計をとって調べたところ、牛肉を一日百五十グラム（大体ビフテキ一枚）以上食べる人は、腸のがんにかかりやすいことが分かったという。しかし、一口に牛肉といっても、種類によって、脂肪分など成分に違いがあり、赤身ならよいという見方もある。しからば、赤身の牛肉を奨励すべきかとなると、そう簡単ではないようだ。

最近「農研機構」が、一体消費者はどういう肉を赤身肉とみなしているかを調査したところ、平均して、肉に含まれる脂肪分が一四・一％を下回る牛肉を赤身肉とみなしていることが分かったという。ところが、普通赤身肉として売られがちな和牛のリブロースなどの脂肪含有量は平均四〇％だそうで、「赤身肉」として店頭に並ぶものの多くは、実は脂肪分の少ない肉ではないというのが実態らしい。その結果、赤身肉とは何かを一層厳格に定義し、市場で明示することが、消費者、生産者双方にとって必要だという議論もある。

フランスの美食家ブリア・サヴァランは、かつて「どんな肉を食べているかで、その人が分かる」と言ったそうだが、現代人と肉食との関係はどうなるのだろうか。


（2021・11・15）

アワビの人工孵化？

世界の主な料理には、それぞれ珍味あるいは特別な食材が登場する。ロシア料理ではキャビア、フランス料理ではトリュフ（西洋松露《しょうろ》）やフォアグラ、中国料理ではフカヒレや燕の巣などだ。

和食ではどうかとなると、近年は松茸なども希少になって珍重されるが、伝統的には伊勢エビやアワビであろう。とりわけアワビは、オーストラリアなどからの輸入物でも結構値が張る貴重品だ。

アワビは水深五十メートルまでの岩礁で海草（藻）類の生える自然な場所へ、人が潜って採るのが常道だったが、近年は、温度刺激を与えて生殖を促進し、稚貝を育成して放流するという人工養殖も発達しているようだ。しかし、水槽などにアワビを入れて人工的に生殖させる方法は、これまであまり試みられてこなかったといわれる。

ところが、最近、米国のカリフォルニアでは、アワビの乱獲や、病原菌の影響などで、一部の種類のアワビの絶滅が危惧されるようになったこともあって、人工孵化《ふか》の試みが実験されているという。

この試みでは、超音波を流して生殖を促す方法がとられていると聞く。この方法は、既に、キャビアの源となるチョウザメや、フランス料理の食材のひとつであるカタツムリに適用されて、ある程度の成果を得たという説もある。

こうしたやり方が成功してアワビが容易に手に入ることは結構だが、希少なものとして珍重されてきた伝統ないし風習にもあらためて目を向けなければなるまい。

そもそもアワビは、食材としてよりも、伊勢神宮などで神にささげる大切なお供えとして長年用いられてきており、贈り物につける熨斗《のし》に干しアワビが使われてきたことは周知の通りだ。

アワビにまつわるこのような神聖な息吹が、人工孵化されたものにも宿ると感じることができるのか、微妙なところだ。

（２０２２・６・13）

料理における保守と革新

アボカドを入れたのり巻きが「カリフォルニア・ロール」と称してアメリカの寿司店に初めて現れた時、あれが寿司と思われては困るという声が上がったことがあった。

またフランス料理では、素材の味を極力生かし、盛り付けにも工夫をこらした「ヌーベルキュイジーヌ」が流行し始めた頃、これに抵抗してソースをたっぷりかける「伝統的」料理を守ろうとする人々もいた。

さらには、古来、大皿から取り分け、主人自らの箸で客に料理を配る風習のあった中華料理が、個々に小皿で配られたり、スープ（中国語で「湯」）を食事の終わりではなく、西洋式に最初に出すやり方が見られるようになったりしていることに、伝統に反するという反発もある。

このように、どこの国でも時代とともに、料理の素材や食べ方が変わり、そこに一方では創造性の発揮があり、一方では伝統の破壊が進行している。

しかしながら多くの場合、基本的な形―例えばフランス料理で前菜から始まってデザートで終わる形や、中華料理では箸を使い、米飯以外は器を手に持たないで食べるなど―は崩さない場合がほとんどだ。

ところが、昨今、コロナ騒ぎで、いわゆるテイクアウト（持ち帰り）が流行してきたせいか、料理の「伝統的な形」すら崩れ出す例が出現して論議を呼んでいる。

例えば、ヨルダンの国民食ともいえる「マンサフ」の形の変化だ。元来この料理は、羊肉を羊乳のヨーグルトで煮込み、米やナッツを添えて山形に盛り付け、大皿にのせて、手（右手）で食べるのが伝統だった。ところが最近、紙コップに羊肉と米などを盛り、スプーンで食べるという革新的方式が流行し出した。これに対し、伝統の形を崩すのはけしからぬという批判が広がり、社会的論議に発展しているらしい。

政治に限らず料理でも、保守と革新の争いは避けられないようだ。

（2022・7・11）

異臭を楽しむ？

いつの世でも、一風変わった食物を賞味することにスリルを感じる人は少なくない。慣れた人でない限り、日本の河豚《ふぐ》料理、中国のヘビ料理、ベトナムの犬料理などは、「変わった料理」かもしれないが、これらは「特殊な食材」の料理であり、調理の仕方によって特別の「臭い」を発する食品を食べようとするわけではない。

ところが最近、東京・中野で奇妙な試食会が開かれた。スウェーデンの発酵食品で、ニシンを発酵させ、異臭を放つ食品の試食会だ。ネット上で伝え聞いた人々が遠くから駆け付け、当初数十人の想定だった参加者が千人以上も集まったという。

思えば、日本の納豆、中国のピータン、フランスのチーズでナポレオンが好んだという「エポアス」、果ては金大中大統領の好物だったといわれる韓国の「三合（魚の「エイ」を発酵させたものにゆで豚とキムチを合わせたもの）」などなど、慣れぬ人には、異臭を放つものとして敬遠されるが、熱心な愛好者のいる食品も少なくない。

そもそも、人間の嗅覚は、他の感覚と違って、五感のうちでは「疲れやすい」感覚だといわれる。言い換えれば、嫌な臭いも、嗅いでいるうちに、慣れてきてしまうと、かえって、それが病みつきになることも多いようだ。問題は臭いの拡散であろう。納豆はわらや紙で包むし、スウェーデンのニシンは必ず缶詰にしてある。

では、試食会での食べ残しはどうしたのだろうか。

聞くところによると、試食者は原則として、全部食べておなかに入れるよう指示されたという。どうしても食べ切れない人は、ビニール袋に入れて持ち帰ることとされ、会場には、ゴミ箱はわざと置かれなかったらしい。衣服についた異臭をどうしたかまでは聞いていないが、残り香を楽しんだ人もいたのかもしれない。

（2022・10・24）

バゲットも文化？

　演劇では能楽や文楽、料理では和食やフランス料理などが、ユネスコ（国連教育科学文化機関）の無形文化遺産に指定され、国際的に保存、振興すべき人類の文化遺産とみなされている。これらに加えて、昨年一一月、細長い形のフランスパン「バゲット」がユネスコの無形文化遺産に登録され、国際的話題となった。

　バゲットは、なぜそれほど貴重な文化遺産なのだろうか。一言で言えば、バゲットはフランスの生活文化の重要な一面を象徴しているから、ということらしい。

　確かに、フランス人の生活には、日本人にとってのお米のように、パン、それもバゲットが不可欠だ。町のあちこちで、人々はバゲットを持ち歩いている。香りを漂わせるだけでなく、歩きながら口に入れてかじったりする。現に、マクロン仏大統領は一本百数十円のバゲットを「日常生活における二百五十グラムの魔法の極致」と呼んでいるという。

　バゲットの由来については、かじって食べられ、切り分けるナイフを必要とせず簡便なため、軍隊や工事現場から広まったといわれる。

　パンの歴史についての名著「六〇〇〇年のパン」（ハインリッヒ・ヤコブ著）などの史料に

よれば、パンにはいろいろな国、民族の歴史が凝縮されているという。

例えば発酵パンの元祖は古代エジプトであるが、そこでは穀物の神オシリスの妻イシスが発酵パンを作り出したという神話が流布されてパン食が一般化したとされる。

また、有名な「最後の晩餐」では、キリストがパンを自分の体であるとして信徒に分け与えたとされ、今も教会のミサでパンの一片が与えられる源となっている。

バゲットもフランス文化を凝縮しているとすれば、パリで毎年恒例の「バゲットコンクール」の一等賞は大統領官邸、二等賞は首相官邸、三等賞はパリ市長の御用達になる栄誉を与えられるのもうなずける。


（2023・1・30）

第六章　スポーツ談義

娯楽と「道」

大相撲名古屋場所で、三場所全勝優勝をなしとげた白鵬。横綱は歴史的記録をうちたてたからといってガッツポーズもしなければ、雄たけびもあげなかった。他方、世界のテニスコートではコート上に座りこんで両手をあげてみたりする選手もちらほら見られる。サッカーに至っては、どこの国のチームも、ゴールに球をけりこむと手をたたいたり、とびはねたり、地を転げ回ったりして、成功を喜ぶ派手なジェスチャーを演じるのが常だ。観客も立ち上がって大合唱をする。これらすべては、サッカーが競技スポーツであるとともに巨大な大衆娯楽（エンターテインメント）になっていることを示している。

こうした現代スポーツに比べると、同じ競技スポーツでも日本の伝統武芸は違う。相手をねじふせたからといってガッツポーズなどは行わない。相撲ではむしろ倒れた相手が立ち上がるのに手を貸すほどだ。柔道にしても剣道にしても、礼式と感情の抑制が重視される。それは、日本の武道が格闘技であり、元来は命のやりとりにつながりかねない「危険な」競技であったからだろう。

命のやりとりに及ぶ場合には、相手を倒したからといって、ガッツポーズをするわけにはゆかない。相手が倒れた後、必死の捨て身の一撃を加えてくるかもしれないからだ（その点ボクシングの伝統もどちらかといえば武道に近いかもしれない）。

常に冷静でいることが格闘技では大変重要だ。観客も、競技者のそうした態度や気質を見きわめ、そこを評価する。だから武道は「道」であり、娯楽ではない。現代スポーツでももう少し「道」（精神）の要素が重視されてもよい気がする。

白鵬の横綱としての風格と品位と覚悟は相撲界のみならず他のスポーツ選手も見習うべきではあるまいか。


（2010・8・2）

心の内の観客

ジャパンパラ陸上競技大会。身体障害者や知的障害者の人々の陸上競技大会だ。この大会をパラ云々とよぶには、深い訳がある。

もともと身体障害者のオリンピック大会は、英語のパラプレージア（下半身不随）に由来してパラリンピックと呼ばれていた。ところが、参加する人もいろいろな障害者層に広がるにつれて、パラリンピックの「パラ」は、パラレル（並行）のパラを意味し、通常のオリンピックに並行して行われる、障害者の大会という意味で使われるようになった。

しかしここには、単なる「並行」開催という意味を越えて、障害者と社会との関係についての、ある哲学が宿っている。

そもそも障害者のスポーツ（陸上競技）の全国大会をなぜ、障害者云々といわずに、パラ陸上競技大会とよぶのか。そこには、「普通」の陸上競技大会と「並行」しておこなわれるもう一つの競技大会というニュアンスがあり、障害者を特別扱いし、全く別のものとして扱うことを拒否する姿勢が暗にこめられている。

このパラ陸上競技大会を、大阪の長居公園の競技場へ見にでかけた。片手の麻痺した人の円盤投げ、義足を使っての走り幅跳び、全盲の人の長距離レース、そして車椅子のランナーたちの激しい駆け引きにも似た競走—すべては、雄々しく、どこか気高く、美しく見え、痛々しさといった空気は微塵もなかった。

ただ一つ、普通の大きなスポーツ大会と違うところがあった。観客の少なさだ。五万人は入ろうかというスタジアムに、観客は、せいぜい数百人しかいない。ところが、そのわずかの観客が、ここぞというところで見せる声援がすごい。まさに選手と一体になっている。

その有様を見て、ハッとした。本当の観客は、障害をもった選手の心の内におり、そこでは、選手も観客も一体なのだ。


（2012・6・11）

肌を出すこと隠すこと

先般のロンドンオリンピックは、多くの逸話をばらまいたが、日本ではあまり報道されなかったことで、世界で論争をまきおこした事件に、女子サッカーのユニホームの問題があった。自国でのイスラムの風習に従って、頭髪はもちろん、足、手から首筋まで覆ったユニホームでサッカー競技に出場しようとしたイランの女子チームは、国際サッカー連盟の裁定でロンドンオリンピック予選に出場できなかった。

せっかく、出場したいといっている女子チーム。それも、公序良俗に違反するような淫《みだ》らな服装をしようというのではないのに、どうして出場禁止にするのか。

そこには、国際的スポーツ秩序やルールを支配する欧米社会特有の、ある種の暗黙の前提が隠れているように思える。

その前提とは、「肌を露出し、体を見せることは、社会的に重大な悪影響がないかぎり（たとえば子供への教育上の問題などがないかぎり）、因習からの解放と自由、とりわけ女性の自由と解放の印であり、その社会の進歩のシンボルである」という前提だ。

しかし、肌を露出し、他人に見せることは、本当に個人の解放と自由の象徴なのであろうか。

そもそも、裸体画から肌むきだしの服装やウエアーまで、肌を露出することがあたかも自由と解放、とりわけ、女性の束縛からの解放のシンボルのように思われているのは、そこに西洋文明特有のある種の偽善があるからではないか。

いささか「露出過多症」になりかかっている現代社会においては、肌を露出することに自由の象徴を見いだすのではなく、むしろ、肌を覆い隠すことにこそ、そしてそれまでしてもサッカーをやることこそ「自由と解放」のシンボルではあるまいか。

（2012・9・3）

スポーツチームの名前

プロ野球もシーズンの終わり近くになって、ファイナルステージや日本シリーズが話題となっている。プロ野球球団の名前を見ると、タイガース、ホークス、ドラゴンズなどと、動物の名前、それも、どこか勇ましい響きの名前が目立つ。

こうした名前は、ロゴマークとして親しまれることはあっても、あの名前はけしからんと、社会問題になったという話は聞かない。しかし、海の向こうでは、スポーツチームの名前が騒ぎを起こしているケースがある。アメリカンフットボールの名門チームの一つで、首都ワシントンに本拠を置く、レッドスキンズだ。

レッドスキンズは、はでな髪飾りをつけ、黒髪をたばねたアメリカンインディアン（米先住民）の顔をロゴマークに持ち、インディアンの風習や人種的特徴を、ことさらに強調している。それに、そもそもレッドスキンズという言葉自体、アメリカンインディアンをさす言葉としていささか侮蔑的な響きがあるという声もある。そのせいか、インディアン出身の人々が、レッドスキンズというチーム名の変更を要求して法廷闘争を行い、政治運動を繰り広げている。

一方チームの方は、いまさら長年使ってきた「愛称」を変えられぬ、それに、有名チームにつける名前は侮辱どころか、むしろ「名誉の印」であると主張して頑張っていると聞く。

この話は笑い話ではすまされぬ要素を持つ。どこかのラグビーチームが、なになにブラックスと名前をつけたら、黒人から抗議がくるだろうか。ではホワイツ（白人）はどうか。あるいは、バイキングスはいかが、と数えていくと、ジャイアンツ（巨人）も、背の小さいファンから、文句がでることにもなりかねない。

チーム名に動物の名前を使うのは、遠謀深慮かもしれぬ。

（2013・10・28）

女性の解放とスポーツ観戦

なでしこジャパン、女子柔道選手、レスリングのメダリストなど、歴史的には「男性的」スポーツと見られてきたものにも女性の活躍が目立ってきたせいか、スポーツを行うだけでなく、それを見る観客層にも、女性の進出が目立つ。野球やサッカーなどのスタンドには、子供づれでなくとも女性ファンが結構多い。

こうした現象を観察して、ある韓国の学者（女性）は、おもしろいコメントをした。いわく、従来女性は、男性から自分の肉体や容姿を見られる立場にいたが、スポーツ観戦で男性の肉体的躍動を見て、今や女性は男に「見られる」立場から男を「見る」立場になったというのだ。

そう考えると、激しい「男性的」スポーツで男の選手を女性が熱心に見つめるのは、女性の「性の解放」の一環のようにも思えてくる。現に美女のヌード写真なども掲載するプレイボーイの向こうをはって、筋骨隆々たる男性の写真などを掲載したプレイガールという雑誌が一時話題となったこともある。また、最近では、男性用媚薬《びやく》に対抗して女性の情欲を刺激する新種の興奮剤も開発されているらしい。

これらは、一見男女平等、女性の解放の兆候やそのシンボルのようにも見える。しかし本当にそうだろうか。スポーツにせよ、雑誌にせよ、はたまた薬品にせよ、これらは、皆商売の種にほかならない。

男性が圧倒的に消費市場を牛耳っていた時代と違い、今や女性が「女性特有」の化粧品やファッション製品のみならず、「男性的」スポーツ市場やセックス関連市場にまで食い込んで来ていることは、女性の「性」を商業化してきた男性のやりかたを、今度は女性が男性の「性」を商業化する形で踏襲している側面があるともいえる。それこそ、男女平等だといって良いのだろうか。

（２０１５・９・28）

スポーツ報道に垣間見る「歪み」

大関琴奨菊が優勝したとき、多くの人々は「久しぶりに日本人が大相撲で優勝した。次は横綱を」と叫んだ。しかし、何年ぶりに日本人が優勝したのか、はっきり報道する段になると、「日本出身」という言葉が使われた。これは、モンゴル出身でも日本国籍を取得すれば日本人であるから、それと区別するためだったようだ。

では、日本出身とは何を意味するか。日本の国籍法はアメリカなどとは違って血統主義が原則であるから、日本生まれ（出生あるいは出身）であっても自動的に日本人にはならない。

そう考えると、ここで言う「日本出身」とは、出生という意味でなく、もっと狭い意味での「日本人」の定義にもとづいていることになる。しかしそれは、一体何なのかと考えると、こうした表現の是非には疑問符がつきかねない。

スポーツ報道に垣間見る「歪《ゆが》み」はほかにもある。引退した人を「元選手」などという場合があるが、既に会社勤めをしていたり、大学で教えたりしている人をいつまでも選手と呼ぶのは、本人がそう望まない限り、見方によっては、その後の人生の軽視にあたらないだろうか。

写真にも問題がある。男性選手の報道写真は必死に戦っている「男性的」映像が多いが、女性選手の場合、試合を終えて、にっこり勝利をかみしめている「あでやかな女性らしい」写真が多い、という研究論文もあるようだ。

さらに、障害者スポーツの報道になると、スポーツそのものの内容より、障害者がどうやって障害を克服したか、周囲の友人や親族の支えはどうだったかといった人間ドラマばかりが強調されるケースが、残念ながら今も一部のメディアに散見される。

こうした「歪み」を考える「運動」も必要かもしれない。

（2016・2・29）

五輪と国際政治

オリンピックは、スポーツの競技大会であるばかりか、世界的な規模で人と人とがふれあう場であり、一大国際行事でもある。従って、そこにはどうしても、国際政治が影をおとす。ドイツとエジプトの選手が、ビーチバレーの試合をしたとき、ドイツの選手はビキニ姿であったが、エジプトの選手は、頭をスカーフで覆い、長袖、長ズボン姿で登場した。

これを見て、欧米諸国の一部では、イスラム社会での女性解放はいまだ道遠しだとの批判が再燃したようだ。ところが、あるエジプト女性にいわせると、体を覆って出場したのは、実は、抗議あるいは反抗精神であるという。すなわち、女性の体をとかくセックスの対象としか見ない、世界中の男性への批判のためだというのだ。

また、アラブ社会とオリンピックとの関係では、柔道競技で、イスラエルの選手と対戦したエジプトの柔道家が試合終了後、きちんと礼もせず、握手もしなかったことが、問題となった。アラブ社会の一部では、そもそも、アラブの選手がイスラエルの選手と対戦したこと自体問題だとする向きもあった。従って、エジプトの選手の行動は「政治的妥協」の方便であるという見方も出たほどだ。

このように、オリンピックを横から見ると、そこには国際政治の影が忍び込んでいる。

他方、韓国人の体操選手イさんが、北朝鮮の選手ホンさんと五輪会場でにこやかに対話していた場景が思い出される。通常、韓国人は、北朝鮮人と接触や交流を行う際には、政府への申告が必要だが、五輪大会のようなスポーツの国際大会ではそうした規制はないという。

五輪は、政治の影を映すが、同時に、影を払うこともできそうだ。

（2016・8・22）

五輪とスキー起源論

数年内に、スキー人口を爆発的に増加させ、スキーリゾートを随所に開設する—。中国の習近平政権は、そういう公約を明らかにした。二〇二二年に北京で開催される冬季オリンピックをめざして、ウインタースポーツの花形たるスキーを全国に広めたいのであろう。日本ではこのところ、一時のスキーブームが下火となっているようだが、ウインタースポーツをこれから普及させるには難しい面もあろう。しかし、アジアでは中国はもちろん、一八年の冬季五輪開催国の韓国ですらウインタースポーツ、とりわけスキーの普及は、これからという側面が強い。

これにはやはり、ウインタースポーツの歴史が関係している。日本では、スキーはそもそも、新潟県高田の歩兵連隊にオーストリアの軍人が教えたことが始まりとされる。日本初のスキー競技大会の開会式（一九一二年）は乃木大将の演説で始まったほどであり、スキーは軍事訓練だったとも言え、スポーツとして定着するのはずっと後のことであった。

何といっても、スポーツとしてのスキーは、欧州大陸を中心に発達してきたことは否定できない。現に、ゲレンデ、ボーゲン、シャンツェなどなど、スキーにまつわる言葉はドイツ語が多い。また、そもそもスキーの起源は、スキーをする男神（ウル）と女神（スカディー）が神話に登場する北欧にある、という説も強いようだ。

ところが、最近中国では、スキーの起源は、中国だという説が出ていると聞く。新疆ウイグル自治区の洞窟壁画にスキーが描かれており、考古学者によると一万年以上前のものだというのだ。スキー一つにも中国文明の誇りを見いだそうとするのかもしれないが、「政治的滑降」が過ぎないように願いたいものだ。

（２０１７・５・８）

サッカーで政治ゲーム？

サッカーのワールドカップ（Ｗ杯）で、試合に熱狂するファンの声は大きいが、政治的言動は日本ではあまりない。けれども、世界での報道をみると（そもそもサッカーの事はあまり報道されない中国、インド、アメリカは別として）W杯は、所々で政治的外交的「ゲーム」を誘発している。

たとえば、メキシコの首都メキシコ市では、一次リーグで同グループの韓国がドイツに勝ったため、自国の一六強が確実になったという気持ちから歓喜の渦が起き、韓国大使館の館員がかつぎ出された。韓国は「メキシコの親友」とまで呼ばれ、韓墨関係は一気に高揚したという。

その韓国は、メキシコとの試合に敗れたが、試合直後、大統領夫人が夫と共に、男性選手たちが着替え中のロッカールームに入って「激励」したのは非常識だとする「政治的」な意見も出た。

またエジプトは、国内のサッカーの試合で入場制限をしており、観客席が空っぽの試合も稀ではない。これは、現政権が、多数の人々が集まると、集団的な反政府運動に結びつきかねないと警戒しているかららしい。ところが、今回のW杯にエジプトが出場し、しかも、英国での活躍で有名なサラー選手が代表チームの一員として出場したため、国をあげて声援があり、政治的に分裂した社会に一体感をあたえたという。

あるいはまた、ペルーのケースも興味深い。もともとサッカーファンも多いが、人口の一〇%前後を占める少数民族は、サッカーから遠い存在で、この民族が使う言語にはサッカーという言葉さえなかったという。今回のＷ杯を機に民族言語で放送を試みようとする人が現れて、ニューヨーク・タイムズ紙にまで報道された。

このようにサッカーも「政治ゲーム」になることがあるようだ。

（２０１８・７・９）

パラ五輪関連ポスター撤去の裏に

二〇二〇年オリンピック・パラリンピック大会の主催都市たる東京都は、大会を盛り上げるための行事の開催、写真やポスターの展示、ＰＲ活動に余念がない。ところが、昨年秋、パラリンピック大会に関連するあるポスターが、ネット上などで批判をあび、都がポスターの配布、展示をとりやめて撤去するという「事件」があった。

そのポスターには、障害のあるスポーツ選手自身の言葉として、「障がいは言い訳にすぎない。負けたら、自分が弱いだけ」と書かれていた。

障害があるからこれこれはできないと言っていてはだめである、障害を言い訳にしないで頑張ろう、という精神を強調したこの言葉は、人々を勇気づけようとし、みずからを奮起させようとする言葉であり、障害者にかぎらず、健常者にも意味のある言葉である。

しかし、この言葉は大きな問題を秘めている。それは、障害の克服は、その人自身の努力によるべきものだという考え方が前面に出過ぎているからである。

もとより、人生におけるあらゆる困難は、それに直面した個人の意欲、行動によって克服される面も多い。しかし、身体障害の克服といった場合、たとえば、下半身が不自由で車椅子でなければ移動しにくいという障害は、便利な車椅子が普及し、車椅子使用者が容易に使える自動車や宿泊施設をはじめ、社会全体がいわゆるバリアフリーの環境になれば、克服できるものともいえる。

言い換えれば、障害の克服は、個人の努力もさることながら、実は社会の問題である。障害者スポーツの選手は、よく支えてくれた人への謝意を述べるが、そこには、個人的な感謝の念を超えて、障害克服の社会的側面が暗示されているとみるべきだろう。

（２０１９・５・27）

スポーツと「体の装飾」

東京二〇二〇オリンピック大会は、新型コロナ禍の下での開催であったことも手伝って、五輪精神や運営の仕方について、原点に返って考え直すきっかけを与えてくれた。

同時に、難民やＬＧＢＴ（性的適応に困難のある人々）の問題など、現代社会の新しい現象について、あらためて考え直す契機ともなった。

他方、五輪大会を一つの巨大なショーとみなすと、そこで活躍する選手は一種のスターであり、競技の成績を離れて、選手の服装、化粧、装身具などにも自然と目が行く。

スポーツ選手の服装は元来、機能性を重視しており、多かれ少なかれ競技に合わせて同じようなスタイルになりがちである。しかし服装は元来、着る人の個性や思想の表現でもある。東京大会でも、リベリアの陸上の女性選手はビキニ型ではなく、上下一体のユニセックスのユニホームで登場して注目を浴びた。これは見方によっては、女性選手の体をとかく性的な観点から観察しがちな男性への無言の警鐘かもしれない。

やや似た試みは、ドイツの女性体操選手にも見られた。普通は手足をほとんどむき出しにする体操競技であるにもかかわらず、ドイツの選手たちは手を肘まで、また足をほとんど覆ったユニホームで登場した。これは、まさに、体操競技を性的魅力の観点から見る人々への抗議をこめたものだったと聞く。

また、米国のフェンシング選手のなかには、ピンク色のマスクを着用して試合に臨んだ者がいたそうだが、これには同性愛者の参加を奨励するメッセージがこめられていたのかもしれない。

服装とも関連して、選手の化粧の仕方や肌の入れ墨なども、そこに何か社会へのメッセージが隠されているケースもあるだろう。

スポーツは肉体の躍動であるだけに、衣服も含め、体に「装飾」をどう施すかは、スポーツのショー的側面の重要性を暗示しているといえよう。

（２０２１・９・６）

毀誉褒貶のパラドックス

先般の北京冬季五輪スキー・ジャンプ混合団体で、金メダルを期待された高梨沙羅選手がスーツの規定違反で失格となり、メダルを取れずに謝罪したことは議論を呼んだ。

謝罪の是非は別として、そもそも金メダルを取れるようなスター選手への注目と期待の裏にひそむ、一種の「金メダル至上主義」、あるいは「熱狂主義」の在り方が問題とされねばならないだろう。

五輪大会のメダリストばかりではない。例えば、テニス女子の大坂なおみ選手が、スター選手としての注目と勝利やランキングへの周囲からの期待もあって、精神的重圧に苦しみ、記者会見を拒否したことも、スポーツ選手のスター化現象が引き起こすひずみを露呈した。

興味深いのは、一時は世界ランキング一、二位を争う勢いだった大坂選手が八〇位前後までランクを落としながら、米国のマイアミで先般開かれた大会で優勝はしないまでも、上位に食い込む成績を残したことだ。

大会直前、かつてのライバル選手から「大坂はとても勝ち上がれない」と言われたが、そうした低い評価が自分を奮いたたせたという。称賛は負担になるが、批判は励みになるという逆説がここに表れている。

思えば、元帝国陸軍の参謀で、伊藤忠商事の会長を務めた故瀬島龍三氏が、ある経済団体の役員だったころ、役員応接室に一つの額がかかっていた。

そこには、正確な表現は忘れたが、趣旨としては、次のような言葉が書かれていた。

進んで栄誉を求めず
退いて誹《そし》りを厭《いと》わず

試合に勝つと拳を振り上げて誇らしげに振る舞い、負けると首をうなだれるのではなく、常に不動心でいる選手がいてもよいのではあるまいか。なぜなら、勝利から得られるものもさることながら、負けたことから得るものこそ人生一般では大事と思われるからだ。

（２０２２・４・25）

2022年4月、米マイアミ・オープンのシングルス決勝でショットを放つ大坂なおみ選手。惜しくも優勝は逃したものの健闘が光り、ブランクからの復活を印象付けた【©Andrew Patron／ZUMA Press Wire／共同通信イメージズ】（190ページ「毀誉褒貶のパラドックス」参照）

第七章　動物よもやま話

小鳥の教え

マンションの地下の駐車場からエレベーターで昇ってくると、一階で扉が開き、小学生らしい女の子を連れてためらいがちに母親が乗ってきた。母親は両手を合わせて鳥の巣の形のようにしている。中をのぞくと、雀の子であろうか、一寸半ほどの小鳥がうずくまっている。「駐車場に落ちていたので…」と、母親は静かなほほえみとともにつぶやいた。

古今東西、鶴の恩返しから忠犬物語、さらには海へ返してもらった魚が後にこちらを助けてくれる話など、命を救われた動物の恩返しの話は多い。これらの逸話は全て動物愛護の精神、「生類憐《あわれ》み」の精神の大切さを説くものと言えばその通りに違いないが、それだけだろうか。

動物の命を愛しむのは、実は、動物と人間との間の隔たりを解き、共に生物としての共通性をかみしめるためではあるまいか。いってみれば、動物を大切にすることによって、実は人間を大切にする心をも強めているのではないか。

現代の我々は、自分を大切にすることは知っていても、他人を大切にすることについては、理屈はともかく心がついてゆかないことが多い。しかし、真に自分を大切にしたいのなら、先ずは他人を大切にすることを学ぶべきではないか。

病雀や窮亀も「尚ほ恩を忘れず」と禅宗の教典の言葉にあるが、その後に教典は、日々の生命を等閑《なおざり》にせず、「私に費やさ」ないよう勤めるべしと云っている。自分の時間を他人のために使うことこそが大事だということなのだろう。

小鳥を掌《たなごころ》に入れた母親は軽く会釈してエレベーターから出て行く。一時の巣を作る両手は、仏前の合掌のように見える。ふと、小鳥がいつの日か舞い上がる姿が扉の彼方に浮かんだ。

（２００９・７・13）

「鳩」物語

京劇「紅灯記」。一九六〇年代に有名になった京劇の一つ。時代も革命思想と抗日運動の意義を強調する傾向のあるころだっただけに、一九三〇年代のハルビンの出来事とされるこの劇も「革命劇」そのものだ。

共産党員で、鉄道の従業員である主人公玉和は、かつて革命運動の同志であった者と同居して家族同然に暮らしている。しかし、主人公は、ゲリラ活動に従事する間に裏切りにより逮捕されてしまう。

ゲリラ活動に関係する秘密電報を隠し持っているとして、玉和は、日本の憲兵隊長にしつこくこづきまわされ、揚げ句の果てに処刑されてしまう。幸い、妹の鉄梅が、革命の遺志をついで、ついに暗号をゲリラに届けることに成功するという物語だ。

この、革命の戦士をいためつけた、日本人憲兵隊長の名前は、「鳩山」という名前である。一説によると、かつて鳩山家に関係する人が、中国に対して「鳩山」という名前を使うのはやめてほしいと申し込んだといううわさもある。

たしかに鳩山という名前は、そうざらにある日本名でもなく、わざわざ「政治的」演劇に、その名前を使ったのはなにかいわれがあると思う人がいても不思議ではない。

そもそも、ハトといっても、中国語では、ハトは鴿という漢字をあて、鳩という字は、野バトを意味しているので、中国語としても、そうしばしば使われる言葉ではないといわれ、ますます「あやしい」という人もいる。

他方、中国語で「鳩斂」といえば、治安をよくして人々を安住せしめるという意味があるというから、「鳩」は、あながち悪い印象をあたえる文字ではあるまい。もっとも「鳩占」というと他人の地位を占拠することを意味するというが、鳩が巣をつくるのは止められまい。

（２００９・12・14）

動物の権利

「日本のペット愛好もここまできたか」とでもいいたげなニュースが、ロシアのテレビで放送された。子供服やおもちゃ売り場も顔負けのきれいな商品が、実は皆ペット用なのだ。今やペット用品は、人間様用の商品に劣らぬくらいだ。

それだけではない。小さな子犬や子猫の睡眠時間を邪魔してはならぬとばかり、夜の八時以降のペットの取引を禁ずる省令まで出たらしい。動物といえども、ゆっくり眠る「権利」があり、人間は、そうした動物の権利を侵してはならぬとする考えがひそんでいるようだ。

事実、近年、動物愛護を超えて、動物の権利保護を唱える人々が増えている。英国で狂牛病がはやったとき、無残に殺処分される牛の群れを見て、動物も節度ある取り扱いをうける権利をもっている、と主張した者がいた。

アメリカのカリフォルニア州では、鳥への「虐待」が問題になっている。カモやアヒルに大量のえさを与え、無理やり肝臓を肥大させてフォアグラを作る行為は、鳥たちにむごい仕打ちだとして、フォアグラの商取引禁止法なるものが施行されるらしい。

普通、動物愛護という行為はあくまで人間の善意や愛着に根ざすものだが、動物の権利保護となると、権利を侵害したものは、正義に反し、罰せられることとなる。そうした考え方をどこまで貫徹すべきかは、微妙な問題だ。

考えてみると、動物の権利を云々するのは、人間が動物をあまりにも、人間だけのために使おうとしていることへの反省から出ている。そうとすれば、そもそも、動物を殺して食することと自体考え直さねばなるまい。

動物の権利を云々しながら、自分はビフテキやトンカツを食べるというのも妙な論理に聞こえるのだが…。

（2012・6・25）

トキと日中友好

新潟県佐渡島は、佐渡金山で名高いが、特別天然記念物のトキでも知られる。いったん日本では絶滅し、その後中国から送られた鳥から再生がはたされたこの鳥は、今佐渡のトキ保護センターで、百羽以上飼育されている。

こうして保護されてきたトキは、数年前から自然の環境にも放鳥され、五羽ほど群れをなして、トキ特有の淡紅色の羽を広げながら、緑の水田の上を飛ぶ姿が、「ときとして」見られる。

ところがトキは、水田に入りこみ、ドジョウなどを食べるため、うかうかすると稲の苗がふみあらされ、農家に「被害」が及ぶ。

可愛いトキには違いないが、せっかくの米作りに悪影響を与えるということでは、放鳥もままならない。さりとて鳥を自然に戻す努力も捨てがたい。

どうしたらよいか。トキが入りこんだ水田からとれたお米を、特別な、それこそトキのお米として売り出すことで、損害を利得に変えようというアイデアが出てきたそうだ。「朱鷺《とき》踏んじゃった米」となづけた佐渡米がそれだという。

トキは、生物分類上、コウノトリと近く、また鶴とも似ているせいか、幸せのシンボルとみる人も少なくないようだから、トキにふまれた水田からとれたお米は縁起がよいかもしれない。

他方、今日、佐渡に繁殖しているトキは、もともと中国から来た鳥が源になっているから、いわば日中合作の「作品」であり、友好のシンボルとも見られている。

そんな背景を考えると、「朱鷺踏んじゃった米」は、ぜひ中国へ輸出して、日本における自然と人間の共生の結果とそれにまつわる困難と、そしてそうした困難を克服しようとした人間の知恵と努力の結晶として、中国の友人にも、味わってもらっては如何だろうか。

（2013・12・2）

鹿文化の復権

山村を中心に鹿が増え、農作物、果樹、牧草に被害が及び、鹿の捕獲が盛んになるにつれて、取った鹿の有効利用が叫ばれている。「安くておいしい鹿肉キャンペーン」なども行われているが、そこで終わっては惜しい。さらに「文化的」味付けも必要ではないか。

そもそも、日本人は古くから鹿肉を尊重してきたことを思い起こすべきだろう。日本書紀には仁徳天皇に鹿肉を献上した記事もある。その後も、味噌づけ、鍋物、焼きものといろいろな調理法が工夫された。

フランス料理でも、鹿肉はジビエ（狩猟の獲物）として、高級感と季節感をともなって賞味されてきた。フランス語では、鹿肉料理も、シュヴリューユ（雄）とビーシュ（雌）に区別するほどであり、英語には鹿（ディア）とは違う鹿肉（ヴェニズン）という言葉もある。それだけではない。フランス語には、ブラメール（鹿が鳴く）という特別な表現があるほどで、発情期の鹿の鳴き声を聞くパーティーもある。

肉だけではない。最近北海道で、鹿革でつくった洋服のファッションショーがあったように、鹿革の「文化的」活用も可能だろう。

鹿は中国の文化的伝統にも組み込まれている。ルーウエイ（鹿の尾）は、珍味の一種とされ、また、官吏登用試験の合格を祝う宴は「鹿鳴の宴」と呼ばれた。そして、中国の古典、詩経の由来もあって、鹿鳴は客の接待を暗示する言葉となり、明治の迎賓館「鹿鳴館」につながった。

このように、鹿は多くの国で、多くの文化的伝統と結びついてきた。

「奥山に紅葉踏み分け鳴く鹿の声聞く時ぞ秋は悲しき」という百人一首の歌をはじめ、いくつかの和歌も思い出される。

鹿肉消費キャンペーンも、こうした文化的伝統の復権と連動させたいものだ。

（２０１５・７・27）

サル年縁起

十二支でいえば、今年はサル（申）年。サル（猿）は人間に近い存在とされてきたから、古今東西いろいろな物語や信仰、縁起かつぎやおまじないの対象となってきた。物語では孫悟空、猿蟹合戦、桃太郎、そして猿の惑星まである。

フランスには「老猿にこそリンゴがあたる（経験豊かな賢者こそ得をする）」という諺もあるようだし、また、ある英国の論者は、「人間を天使の堕落した成れの果てであると考えるよりも、猿がちょっと高尚になったものと考える方が気が楽だ」と冗談を飛ばしている。

そんな猿だけに、時には人間の代わりをつとめて、厄介払いをしてくれると信じる者もでてきたのだろうか。猿を祭って、災難がふりかかるのを避けようとする信仰が生じた。

庚申の日に、人間の体内に棲む三尸《さんし》の虫が、その人の罪科を天の神に伝え、それによって人の寿命が縮まるという迷信があるが、寿命が縮まないようにと、お堂をたてて猿を奉納し「身代わり」にする者もいた。

現に、京都の八坂庚申堂には、ぬいぐるみの猿が奉納されている。修学院離宮の側には、赤山禅院というお寺（延暦寺の別院）があり、拝殿の上には猿が鎮座し、お猿さんの寺として著名だが、これも、鬼門除けのおまじないだといわれる。

こうした鬼門除けのための「猿」は、京都御所北東の猿ケ辻はじめ、いくつものところに見られるようだ。

猿はまた、物まねが巧いとされており、能楽の源流たる猿楽という名称とも関係しているらしい。猿楽の名の源となった「散楽《さんがく》」という言葉が、語呂を転じてサル楽となった際、猿の字がつけられたのであり、それは物まねとの因縁によるのだという。

猿にまつわる縁起や歴史物語をたどるのも、今年の正月の日々にふさわしいかもしれない。

（2016・1・4）

鸚鵡返し

人の言う言葉を真似て囀る鸚鵡《おうむ》にならって、相手の歌を巧く引用して言い返す返歌を鸚鵡返しという。能の「鸚鵡小町」は、それをテーマにした面白い曲だ。

今は落ちぶれ果て、杖にすがって生きる老女となっている小野小町に対して、宮中の華やかな様子を思い出させて慰めてやろうと、時の天子は、小町に歌を贈る。

雲の上はありし昔に変らねど見し玉簾《たまだれ》の内やゆかしき

これに、小町は、一字だけ変えて返歌する。

雲の上はありし昔に変らねど見し玉簾の内「ぞ」ゆかしき

古来、鸚鵡は、東アジアの王侯貴族の間で贈り物に使われ、日本書紀などにも登場するほどだから、どこか優雅なイメージもあったのだろう。もっとも、鸚鵡の生まれは東南アジア地域である場合が多く、中国から贈られた鸚鵡が中国語を話すかと思いきやベトナム語らしい声を出したという逸話もあったようだ。

そもそも鸚鵡は、なぜ人の声をまねるのだろうか。最近の研究によると、鸚鵡は、大変知能水準が高く、拍子にあわせて体を動かしたり、足につけたバンドをかみ切ったり、隠れたところにある餌を、小枝をくわえてとるという芸当までするらしい。

また、鸚鵡は集団で生息しお互いに鳴き声などでコミュニケーションする。それも各集団ごとに特有のくせがあって、人間の方言のような機能をもっているとまで言われる。

このように、鸚鵡はコミュニケーションにたけているとすると、問題発言をかさねる米国大統領候補TRUMP（トランプ）陣営がTRUMP（切り札）と言うと、鸚鵡はTR「A」MP（ならず者）と一字だけ変えて、鸚鵡返しをするという笑い話を作り出す人もいるかもしれない。


（2016・5・9）

こおろぎ談義

彼岸も過ぎて、虫の音をしっとりと愛でる季節となった。松虫、鈴虫、キリギリス、こおろぎ―虫の音と言ってもいろいろあるが、古今東西広く人々にその鳴き声が親しまれてきたのは、やはりこおろぎではなかろうか。

こおろぎは、ちちろとも呼ばれるように、ちりちり、ころころといった響きの音を出す。こおろぎは、また、「つづれさせ」とも呼ばれるが、これは衣服の破れを繕うための「肩させ、裾させ」という、つづれの動作からきているらしい。

ところが、昔はこおろぎとキリギリスが混同されていたため、アイルランドの文豪イエーツの劇作「骨の夢」の基にもなった能の作品「錦木」などで「つづりさせよと鳴く虫」云々と言っているのはキリギリスのことのようだ。事実、キリギリスのギーチョンという鳴き声はいかにも機織りを連想させる。

こおろぎは、中国語では、蛩《きょう》あるいは促織《そくしょく》または蟋蟀《しっしゅつ》と書くようだ。

日本でも中国でも、こおろぎの音は、どこか哀調をおびたものと感じられてきたようで、杜甫は「促織はなはだ微細、哀音何ぞ人を動かす」と言い、日本の和歌でも「きりぎりす（こおろぎのこと）鳴くや霜夜のさむしろに衣片敷きひとりかも寝む」と詠われていることは、よく知られている。

こうした歌との連想もあってか、こおろぎを「飼う」ことは、中国の貴族の趣味となり、清朝最後の皇帝の人生を映画化した「ラストエンペラー」では、玉座の一部にこおろぎを飼っていたことが、在りし日の栄光のシンボルとして登場していた。

一方、こおろぎは、相当戦闘的件格をもち、中国ではこおろぎ同士を闘わせる「闘蟋《とうしつ》」という遊戯がはやった時代もあった。こおろぎの音はいろいろなことを連想させる。

（2016・9・26）

動物とのコミュニケーション

ペットとの「語り合い」や、牛飼いや羊飼いと動物の群れとのコミュニケーション、さては騎手と競走馬の関係など、人間と動物との間のコミュニケーションは、いたるところで行われている。しかし、多くの場合、そうしたコミュニケーションは、人間の都合、あるいは人間の方で特定の意図や目的があり、動物に働きかけ、いわば動物を「訓練」している場合が多い。

もちろん、相手のあることだから、訓練といっても、人間の側から一方的に押し付けてばかりいるのではなく、相手の気質や反応を見極めながらやるわけなので、そこにはある種の交流なり相互のコミュニケーションがある。人間が動物から「学ぶ」こともないわけではなかろう。

しかし、動物の主体的行動に対して、人間が主体的に反応し、それが相互に影響し合って、真の意味でのコミュニケーションが成立する場合はほとんどないのではないかと思っていたが、そういったケースもあるというので驚いた。

アフリカに生息するミツオシエというキツツキに似た鳥は、蜜を取って食べる。その鳥の声やしぐさによって、人間が蜜のありかを知り採取する際、人間と鳥との間に、声やしぐさを通じて、お互いに分かり合うコミュニケーションが成立しているというのだ。

この鳥は、蜜の採取に向かうとき人間に合図をし、人間の方は特別の音声でこれに応え、いわば、パートナーシップを組んで蜜を探すという。そうした風習は、アフリカのモザンビークなどに見られる。

蜜を見つけた後、鳥と人間がどのように蜜を分け合うのかまではよく分からないが、この鳥の名前がハニーガイド（蜜案内）となっていることを見ると、なんらかのガイド「料金」は払われているのだろう。

（２０１６・11・７）

猪と豚

今年は、亥《い》年というわけで、年賀状や、店の飾りなどに猪の絵や置物がよく使われている。しかし、干支を用いる国で、猪の午をもっているのは、日本だけであることを知らない人が意外に多い。

お隣の中国、韓国、そしてベトナムなど、干支を使う国や、その知識をもつ人が多い国をみると、いずれも、今年は豚年である。

中国語では、豚を「猪」と書くことは、中国語を知らない人でも分かろう。例えば、西遊記では、豚に擬した登場「人物」が、猪八戒と呼ばれていたことを思い出せばよい（因みに中国では「豚」という文字は、日本でもかつて、自分の子供を謙遜して「豚児」と呼ぶことがあったように、「豚儿」といった表現が使われていたと聞くが、今は豚という字はあまり使用されない)。

韓国でも、今年は、トエジの年とされ、トエジは、まさに豚であって、猪ではない。

このような違いがあるため、干支にまつわる縁起かつぎも異なってくる。

日本では、猪は、猪突猛進という言葉が想像させるように、どこか攻撃的であり、野性的イメージと結び付きやすい。しかし、中国や韓国では、豚が多産であり、丸々としたイメージを駆り立てるため、豊かさのシンボルとされやすい。

では、どうして、日本だけ違うのかというと、養豚の歴史の違いによるようだ。そもそも、日本では、奈良時代に猪を飼育した歴史はあったが、仏教の影響もあってか、猪を家畜として飼育する風習は根づかなかった。しかし、中国では数千年前から、猪を家畜化してきたという。

生物学的にいえば、豚は、猪が家畜化されたもので、野生の豚というのは本来は存在しないので、日本と中国、韓国との違いはまさに養豚をめぐる文化の違いによるものといえよう。

（2019・1・21）

生物界と政界のコウモリ

アイルランドをはじめヨーロッパでは、蝙蝠《こうもり》は気味の悪い動物として、不吉な運命や死の象徴と見なされてきた。そうでなくともコウモリは、哺乳類中で珍しく空中を飛翔する動物であることから、獣ともとれ、また鳥ともとれる存在として、どっちつかずの日和見主義者を表現する言葉として用いられてきた。

ヨハン・シュトラウスのオペレッタ「こうもり」では、蝙蝠博士という人物が登場する。筋書きでは、夫婦がそれぞれ浮気しようとしたことが、変装を通じて結局相手にばれてしまう。いわば「鳥なき里のコウモリ」という言葉にも似た「ごまかし」が暴露されてしまうが、このことは題名そのものに暗示されている。

しかし、中国でコウモリは、漢字の「蝠」が転じて、その昔「福翼」あるいは「扶翼」とよばれ、発音が「フイ」（すなわち、福意）であったことから、幸運の象徴とされ、絨毯の図柄などに多用された。韓国でも李王朝の王宮の家具にコウモリのデザインがあったという。また、コウモリは、ヤブ蚊などの害虫を食べることもあって、人間生活に益するという人もいる。

ところが、最近米国では、コウモリの危機がさけばれている。米国西部にはかつての鉱山の廃坑が多く、そこに多数のコウモリがすんでいたが、近年、伝染病のせいで数百万匹のコウモリが死骸となって散乱しており、急激なコウモリの減少による生態系への影響を憂慮する向きもあるようだ。

近年、日本の政界では、所属政党やグループを次々と変えるコウモリ的人物が、かなり見られるが、こうした傾向は、ある種の政治的伝染病なのか、それとも政界再編の幸運の印なのか、はたまた民主主義崩壊の予兆なのか見極めねばなるまい。


（２０１９・３・18）

競走馬と動物愛護

日本の競走馬アーモンドアイが、ドバイの国際レースで優勝した。また、世界最高のレースともいわれるフランスの凱旋門賞にも、たびたび日本馬が出走し、ジャパンカップには外国馬も出場する。そして、かなりの外国人騎手が日本の競馬でも活躍している。このように、競馬の世界にも国際化、グローバリゼーションの波が押し寄せている。

もっとも、世界の競走馬はもともと一七世紀から一八世紀にかけて英国に輸入されたアラブ種と在来馬の配合から生まれた、いわゆるサラブレッドを源としており、その意味で競馬は、グローバリゼーションの元祖の一つといってよいかもしれない。

世界を見回すと、競馬は米国方式とヨーロッパ方式に大きく分かれるようだ。日本のように、芝、ダート、短距離、中距離、長距離、それに右回り、左回りと、各種のレースが組まれるのはヨーロッパ方式に近いという。

米国ではケンタッキーダービーをはじめとして、ヨーロッパに比べると短距離レースが多く、また、ダート（それも欧州と違い、硬めの土）が中心で、ほとんどが左回りレースだ。勢い、特定の形のレースに強い馬の育成が中心となり、無理な飼育、訓練が行われがちだという。

それは、競馬が、スポーツというより商業活動になっているからだともいわれる。その結果、米国では比較的、規制が緩く、競走馬に筋肉強化用の薬物を与えたり、興奮剤を投与したりして成績を上げる試みも稀ではないと聞く。

問題は、薬物投与が競走馬の命を縮めさせ、若死にする馬が増えていることだ。カリフォルニア州を中心に非難の声が上がり、動物愛護団体も動いているという。

薬物投与のみならず、激しい鞭打ちも含め、「競走」原理と動物愛護精神をどう調和させるのかは国際的な課題といえよう。

（2019・4・15）

亀を祀る国

ベトナムの首都ハノイ。その中心部に、ホアン・キエムという湖がある。湖といっても、上野の不忍池を数倍大きくした程度の大池だが、その一角には、日本でいえば神社か祠のような小さな建物があり、この湖自体、いささか神聖視されていることをうかがわせる。

またホアン・キエム湖には、大きな亀が生息し、湖の主と見られてきた。この亀が数年前に死んだときは、ベトナム中が悲しみに包まれたと伝えられたほど、人々に愛され、神聖視されていた。

その亀がこのほど、特別な方法で保存された上で、湖の祠に祀られて展示され、人々に崇められているというニュースは、ベトナムの国営通信で広く世界に報じられた。

この亀は、もともと、ベトナム国民の強靱性と独立精神を体現するものと見られており、そうした精神を長く維持するためのシンボルとなっても不思議ではない。

元来亀は、百年を超えて生存するものもあり、だからこそ、日本でも「鶴は千年、亀は万年」として長寿の象徴とされてきた。また、インドでは、有名なビシュヌ神が、大海の底で亀に変身して不死の印とされる。さらに中国でも、書経のなかで「霊亀は神霊の精」といわれて、長寿の霊とされてきた。

しかも、亀は水陸双方を行き来するものとして、異なる世界の間の橋渡し役や、人間界と非人間界とを結ぶものと見なされてきた。浦島太郎の物語で、太郎を竜宮城へ案内するのが亀であることも、亀が水陸双方で生きていることから出てきているのだろう。

竜宮城というと、何となく、どこか南の海の彼方にあるような雰囲気が漂っているが、南洋ベトナムの海は、亀に連れられて行く竜宮城の在所として相応しいかもしれない。

（2019・4・22）

クラゲの神秘

海水浴に行った子供がクラゲに刺された、大量のクラゲが発生して漁業者が困っている、あるいはまた、発電所の取水口にクラゲが密集して問題になっている―など、日本ではクラゲは、人間生活に迷惑をかける存在と思われがちだ。

そうでなければ、中国料理などで食べるクラゲを想像する人が多いのではないか。その中国でも、食べるクラゲは通常「海蜇」といわれるが、蜇の字は刺すことを意味しており、あまり珍味やロマンを連想させない。

しかし、実はクラゲの生態は面白い。クラゲは、岩石などに付着した「ポリプ」が、無性生殖（分裂あるいは発芽）して成体となり、それから有性生殖によってポリプが生まれるという不思議な世代交代を行っている。どこか神秘的だ。

それに、最近の研究によると、クラゲは体の九五％が水分であるにもかかわらず、多くの魚やウミガメ、はてはペンギンなどの餌になっており、他の海の生物にとって、なくてはならない存在らしい。しかもクラゲには、他の生物（エボシダイなど）がよく共生するという。

英語では「ジェリーフイッシュ」といわれ、響きはいささか散文的だが、それでも名探偵シャーロック・ホームズの物語に登場している。

他方、フランス語ではクラゲを「メデュース」と呼ぶ。これは、かのギリシャ神話のメドゥーサ（ヘビを頭髪とし、見る者を石に化したとする魔女）と同じ言葉なので、なにかと想像力をかき立てる。現にフランスの作家ジュール・ヴェルヌの「海底二万里」などでは重要な海底生物として扱われ、イラストでは、大きな奇怪な姿に描かれている。

このように、クラゲもその生態を調べたり、文学との縁を探ったりすると、なかなか神秘的で、われわれの想像空間をゆらゆら浮遊しそうだ。

（2019・10・7）

犬を巡る政治論議

犬は、地球上で、最も広い分布を持つ家畜といわれ、人間生活と密接に関わってきた。そのせいもあってか、犬を巡ってはしばしば「政治問題」が発生してきた。

例えば、徳川五代将軍綱吉が出したお触れ「生類憐みの令」は、「お犬様」を荒っぽく扱うと厳罰を受けるということから、江戸庶民の悪評を買って、今の言葉でいえば「政治問題化」した。

一九世紀末の中国では、外国人の居留地域、いわゆる租界の公園で「犬と中国人は入るべからず」という標識が立って、これが外国人排斥運動に拍車を掛ける一因になったという説もある。

一九八八年のソウルオリンピック大会に絡んでは、街に見られる犬の肉の料理店に対する外国人の反応が問題となり、大会開催時には、少なくとも看板だけは撤去せよとの声も上がって論議となった。

パリでは、外国人観光客にアンケートを取ると、ドイツ人などから、パリの街で嫌なことの一つは、犬のふんだらけであることだとされたため、犬を散歩に連れ出すときのマナーが「政治的」論議を生んだこともあった。

最近では、中国で、まさに犬騒動が起こっている。

事の始まりは、犬と散歩するときは必ず首輪と綱をつけて、決して放し飼いや自由にさせてはならぬという命令が幾つかの都市で出されたからだ。しかもそれが一部では厳格に運用されたため、愛犬家から抗議が出ているというのだ。

違反すると最初は警告だけだが、重なると罰金を取られ、三回目になると、犬は捕獲され殺されるという所も出てきて騒ぎになっているらしい。

愛犬家や動物愛護論者からの抗議がある一方、犬にかまれて傷ついた人は、動物より人間を優先して何が悪いのかと叫んでいると聞く。

（2020・12・7）

ミンクコートの盛衰

薄茶色や黒光りするミンクコートといえば、かつては、ぜいたくな女性の装いとして、人気があり、富や社会的地位のシンボルになるときもあった。

一九六〇年代、エリザベス・テーラーが出演した映画「バターフィールド8」では、ミンクコートの盗難が、ドラマの筋書きを担うほどだった。ところが、昨年末、世界屈指のミンクの競売会社コペンハーゲン・ファーが、廃業を宣言した。

その直接の原因は、毛皮の源となる動物のミンクが、新型コロナウイルスの感染源の一つになっていることが分かり、飼育中のミンクがすべて屠殺されることになったからだった。けれども、その裏には、ミンクの毛皮コート、それもテーラーが着ていたような、裾の長い豪華なコートは、そもそも近年敬遠されがちになってきたという事情も働いていた。

地球温暖化で、寒さのしのぎ方が違ってきた上に、消費者の環境意識の高まりもある。ミンクは肉食であり、その飼育には大きな環境負荷がかかる。動物保護の観点から、ぜいたくな毛皮のためにミンクを大量に飼育、屠殺することに反対する人々が増えた。

加えて、ファッションの変化もあった。長い裾の外套ははやらなくなり、豪華な毛皮より、もっと気楽なハーフコートや肩掛けなどへと、ファッションが移ったのだ。

それに中国の影響もあるという。九〇年代以降、中国製の安価なミンクが出回り出した。その上、ウサギ皮など別の毛皮が人気を得るようになり、本格的なミンクコートを着たいという人はますます減っていった。

ところが、中国のミンク生産は衰えず、また、フィンランドの有名なミンク競売会社の鼻息は衰えていないという。鍵は、ミンク毛皮を裏地に使う人が増えているからだというのだが…。

（2021・2・1）

牛を巡る信心

今年は丑年（牛の年）だが、その牛を巡って、政治的騒動が起こっている。舞台はインドだ。インドでは近年、ヒンズー教の教えを極端なまでに守ろうという政治運動、いわゆるヒンズーナショナリズムが盛んで、モディ現政権は、その影響を受けた施策を打ち出してきた。そうした政策の一環として、最近、インド牛の特徴や生態についての教育を国民に広める運動が展開され、インド牛についての知識を試す「試験」を受けることが推奨されているという。

ところが、その試験の土台となる教本には、インド牛について「インド牛特有のこぶには貴重な栄養素が込められている」あるいは「インド牛は他の種類の牛と異なり、資質あるいは性質が良い」云々といったインド牛の「優秀さ」ばかりが述べられているため、科学的根拠がないとして、専門家から異議が呈されているという。のみならず、こうした政治的傾向は、「聖なる」牛を粗末に扱ったという理由で、非ヒンズー教徒、とりわけ、イスラム教徒への迫害や暴力事件にまでつながる勢いになっている。

この問題は、政治的に見れば、宗教と政治の関係、あるいは、インドが伝統としてきた、いわゆる世俗主義の在り方の問題といえる。

しかし、「牛」の文化の問題として見ると、日本にも牛を神聖視する伝統があることを忘れてはなるまい。

「牛に引かれて善光寺」というのは、一説では、善光寺参りの旅人の乗ってきた牛が死に、それを回向するための牛塚ができたことに由来すると聞く。また、合格祈願などを行う天満宮の牛は、元来、牛が豊饒の象徴として、雷神や水神の化身とされたことに由来しているらしい。

こう考えると、日本でも、合格祈願に限らず、牛に思いを寄せて、牛を大切にする「信心」が、丑年にはもう少しあってよいのかもしれない。

（2021・3・15）

蟬の愛で方

梅雨明けとともに蟬の季節となった。

蟬といえば、「閑かさや　岩にしみ入る　蟬の声」という芭蕉の有名な句を持ち出すまでもなく、すぐ、その鳴き声を愛でることが心に浮かぶ。現に、にいにい、みんみん、かなかな、じいじい、など、蟬の鳴き声を表現する擬声語は多い。

中国語でも「蟬吟《チャンイン》」などという言葉があって、蟬の声は、漢詩にも登場する。「緑の槐《えんじゅ》の高い所に一匹の蟬吟」と謡われている。もっとも、中国では、蟬の声は秋風に乗って聞こえてくるとされ、蟬は秋（旧暦）の風物とされてきた。

中国では、また、薄い絹織物を「蟬紗《チャンシャ》」と呼ぶように、蟬の羽の透明な姿に、ある種の風情を感じる伝統があった。日本でも源氏物語「夕顔」の巻では、夏の衣を「せみのは（羽）」に擬しており、視覚的な観点から蟬を愛でている。また、日本では空蟬《うつせみ》という表現があるように、蟬の抜け殻から、無常感や虚脱感を感じるという感覚も存在してきた。

しかし人間の五感のうち、蟬を臭覚や味覚の観点から愛でる風習は、日本ではあまり聞かない。それに引き換え、かのギリシャの哲学者アリストテレスは、蟬の幼虫をいつどのように食べれば美味しいかを丁寧に解説しており、古代ギリシャでは、蟬は味覚の対象でもあった。

ところが、いま米国で、いろいろな蟬料理を工夫して提供するレストランシェフが現れて話題になっているという。アフリカで蟬の薫製を食べたこともヒントになったようだ。

また、聞くところによると、かつて長野のリンゴ園で蟬の幼虫がリンゴの木に害をなすというので、駆除しようと幼虫を掘り出したが、誰の思いつきか、これを唐揚げにして食したところ、絶妙な味だったという。

蟬の声に思うものは、閑けさか、秋風か、薄衣か、はたまた揚げ物の味であろうか。

（２０２１・７・26）

環境保護と動物保護

　奈良の神社の境内を歩く鹿に戯れる人々は、自然界における鹿を保護すべきと思うだろう。しかし、山間の畑を鹿に荒らされる農家にしてみれば、動物保護もほどほどにしてもらわないと、真の環境保護にはならないと言いたいだろう。

　このように、動物保護と環境保護は、時として衝突する。現に今、米国で、野牛の保護と国立公園の環境保護を巡って論争が火を噴いている。

　西部劇ではバファローといわれるが、普通はバイソンと呼ばれる野牛は、かつては数千万頭も生息していたが、西部開拓と乱獲によって一九世紀末には数百頭にまで減少したといわれる。しかし、その後の保護政策で頭数が増えた。とりわけ、狩猟が禁止され、自然環境のよい国立公園では、野牛の群れが増大した。

　草原が荒らされ、池や沼が汚され、また排せつ物で森林が汚染されるなど「被害」が増大しており、国立公園の管理者を悩ます状態になってしまった。業を煮やした管理者は、国立公園内での野牛の「狩猟」を許すことにしたという。

　ところが、これに対して、野牛は国立公園のシンボルマークになっているほど大事に保護されてきたものであり、「狩猟」を許すとは何事かと抗議の声が上がっている。

思えば、一九九〇年代のことだが、日米環境問題協議のため首都ワシントンに赴いたとき、時の国務次官でコロラド州出身の議員だったワース氏は、日本側代表団を昼食会に招いた際、バイソン・ステーキをご馳走してくれた。いささかパサパサした味だったが、ワース氏は、バイソンの草の食べ方は牛や羊より上品で、葉の上の方だけ軽く食べるので環境に優しく、牛肉を食べるより環境保護精神に沿うと説いていた。

今、米国立公園で捕れた野牛の肉を食べるのは、動物愛護に反するも環境保護精神には合うのだろうか。

（2021・10・18）

動物と人間と言葉

ペットフード、ペット用衣服、運搬車、病院、さては墓地まで、愛玩動物は、いまや人間並みの扱いをうけているともいえる。それだけに、動物と人間のコミュニケーションの問題、言いかえれば、動物がどこまで人間の言葉を理解できるかの問題がこれまで以上に注目されている。

最近、二匹のゴリラの写真が話題になったことがある。カメラを持った人間に向かって、「きれいに写してください」と言っているごとく、ポーズをとっている写真だ。そこでは、ゴリラは、あたかも「こっちを向いて」という人間の言葉に反応しているかのようだ。

また、チンパンジーを人間並みに扱って共に生活した結果、数百の言葉に的確に反応するようになったという研究もあると聞く。

問題は、動物が言語に正確に反応するとしても、言葉の真の意味を理解できているかという点だ。特定の言葉に「反応」することはできても、みずから自発的にその言葉を「活用」できなければ、真の意味で言語を理解したとはいえないという人もいる。

思い出すのは、米国の言語学者で後に政界に進出した日系米国人Ｓ・Ｉ・ハヤカワが、その古典的著作のなかで引用している実験だ。猿を小さな車にのせて、青信号は行け、赤信号はとまれというボタンを押して、車を動かす訓練をすると、訓練次第では、うまく「運転」するようになるという。ところが、前に障害物をおいても、青信号だと猿は突進し、ぶつかってしまう。そこが、人間の反応とちがう。言葉や記号の意味は、文脈いかんで変化することを動物は理解できないというのだ。

しかし、減税、給付などという言葉も、選挙という文脈を離れると、増税や自己負担に早変わりすることも度々なのに、そんなはずではと騒ぐ人が多いのをみると、言葉と文脈に関する理解は人間にも限界があるといえそうだ。

（2021・11・1）

虎をめぐるよもやま話

今年は寅年ということで、虎の置物や絵が百貨店などでよく売られている。虎の置物を眺めていると、虎をめぐる幾つかの逸話を思い出す。

有名なものは、吉田茂首相と、韓国の李承晩《イスンマン》大統領の会談にまつわるものだ。吉田は元来、朝鮮をあまり好まなかったといわれる上、李承晩との会談は、米国に強く迫られたためとされており、いわば、嫌々の会談だったようだ。李承晩は名だたる反日家であり、日本の警察にひどい拷問を受けたと公言していた。そうした二人の会談にふさわしいともいえるが、吉田は、開口一番、「朝鮮には今なお虎はいるか」と質問した。それに対して李承晩は「日本軍が皆殺ししてしまったからもういない」と答えたという。

日本側は朝鮮の「未開性」を虎の存在に例え、韓国側は日本の朝鮮統治の残酷さを虎退治に例えたともいえる両者の発言は、今なお暗示的である。なぜなら、今日でも、韓国は日本との過去にこだわっており、また、日本人のなかには、先進国となった韓国の政治体制に今なお不信感を持つ人も少なくないからだ。

もう一つの逸話は、ベンガルの虎にまつわるものである。

バングラデシュが誕生しておらず、ベンガルの一部が東パキスタンだったころ、パキスタン政府が外交団の希望者を募って、ベンガルの虎を夜半密林で観察する旅行に招待した。招待された者は、密林の樹木の上のハンモックで夜を過ごした。深夜、ゴーというううなり声が聞こえたので、すわ虎が出たと思って目をこすってみると、隣の木で寝ている同僚の豪快ないびきだったという。

筆者自身の体験としては、在香港総領事館に勤務時代、地元のお金持ちから、珍しく虎の肉が手に入ったからと食事に招待されたが、自分は寅年であり、共食いになるので遠慮すると断ったことが思い出される。

（2022・1・24）

ウサギとお国柄

今年は干支では卯《う》年に当たる。

干支は、日本、中国、朝鮮半島、ベトナムなどでよく使われるが、ウサギ年のない国もある。

例えばベトナムではウサギ年はなく、代わりにネコ年がある。

ベトナム人に言わせると、ベトナムではウサギなど見たこともないから、という。元来ウサギは、湿気のある暑さに弱いといわれており、ベトナムのような南国では育ちにくいのかもしれない。

わが国や中国では、ウサギは月のなかの住人とされ、中国では中秋の名月にウサギの泥人形(兎児爺《トゥルイエ》)を飾ったりする風習もある。

ウサギには「因幡の白ウサギ」や「ウサギとカメ」の民話のように、いたずら好きのイメージが多くの国であるようだ。アフリカの草原地帯でも、ウサギは巧妙なトリックを使う動物として俗話に登場するという。また、そうしたウサギの性格は、アメリカの黒人たちの民話にも生きていると言う人もいる。

しかし、今やアメリカでは、ウサギはバニーと愛称され、雑誌「プレイボーイ」のシンボルになっているように、かわいい動物で、たくさん子どもを産む象徴のように思われている。

欧州に目を転じると、フランスでは、秋の収穫シーズンになると畑のウサギ狩りが盛んになり、いわゆるジビエとしてウサギ料理がよく出される。ウサギ料理にはコンクールがあり、鹿児島県・喜界島出身でパリに店を開いた吉野建《たてる》氏が一等賞となり、ミシュランの星を取ったこともあった。

英国では、今は変わったという人もいるが、長くウサギのもも肉が鶏のもも肉の代用に使われ、一時はロンドンのカレー料理店のチキンカレーはウサギカレーだといわれたほどだった。また、欧州人が一九八〇年代に、日本は経済大国といいながら人々はうさぎ小屋のような家に住んでいると言ったことも思い出される。

（2023・1・16）

動物の贈り物

昨年末、韓国で犬騒動があった。

文在寅《ムンジェイン》前大統領が北朝鮮の金正恩《キムジョンウン》総書記から贈られた白毛色の犬（豊山犬《プンサン》）を大事に飼ってきたが、餌代はじめ手間暇がかかり、その上、外交上も貴重な犬であるからと尹錫悦《ユンソンニョル》新大統領に渡そうとしたが拒まれ、文前大統領の言動と犬の行方を巡って政争まがいの騒動があった。

結局、動物園が引き取ることになったようだが、この一幕は、国家自体やその国の要人が動物を贈り物とすることの是非を改めて浮き彫りにした。

動物を友好の印として国家間で贈呈するのは、古今東西、例のあることだ。

有名なのは中国のパンダ外交であろう。一九三〇年代に、時の中国の有力者が、米国はニューヨークの動物園にパンダを贈り物として進呈したことがあり、そうした前例もあってか、七〇年代の日中国交正常化や米中国交正常化の際にもパンダの「贈呈外交」が展開された。日本外交史の上では、推古天皇の時代に、新羅が孔雀を、「越の国」が白い鹿を、また百済がラクダ、ロバ、羊、白い雉《きじ》を献上してきたとされる（いずれも日本書紀による）。近代では、五〇年代にインドのネルー首相が訪日の際、インドゾウが日本に贈られ、子供たちの人気を博した。

比較的最近、外交儀礼として、動物が日本に贈呈された例としては、九〇年代に海部俊樹首相がモンゴルを訪問した際に蒙古馬を進呈されたことが挙げられる。しかし、日本へ持って帰るわけにもゆかず、「この馬は、蒙古の草原で生きてゆく方が幸せであろうから」と、馬にトシキという名を付けて、モンゴル政府に委託した経緯がある。

生き物を贈り物として友情や厚意のシンボルとする際には、人間の感情のほかに、動物の幸せも考えねばならないといえようか。

（2023・2・6）

第八章

花と草木を愛でる心

朝顔市の想い出

七月になって街角に朝顔の鉢が見られるようになった。朝顔というと七夕の日にあわせて東京浅草の入谷の通りで朝顔市が開かれることは巷間に知られている。

一年に一回だが、毎年行っていると、同じ場所に露店を出している人となじみになって、「うちの花は咲きが良い、決して嘘は云わない」と云われて買ってその通りになると、毎年その店から買うことになって、一年に一回の出会いが繰り返される。

朝顔を買うだけでは物足りないと、毎年家族で鶯谷の有名な老舗の豆腐店で朝食をとることに決めた。そうすると、毎年七夕には豆腐料理を味わって、それがまた別の季節感を醸し出してくれることになる。

朝顔の鉢を両手に下げた浴衣の人、髪を上げて揃いの手拭を頭にのせている若い女性の売り子、団扇を腰にいなせにさして声を掛けている男たち—そんな朝顔市の風物は、どう見ても夏の風物詩なのだが、朝顔は俳句の世界では秋の花だ。朝顔は梅雨の雨が似合うと思うのだが…。

朝顔や濁り初めたる市の空
（久女）

もっとも朝顔は色が移ろいやすく、咲いてしぼんでまた咲いてゆくので、鉢全体にいつも時の流れを感じさせるものが漂っている。そう考えると、暑さもあってどこか時の流れが止まったように感じられることの多い夏と違って、時の移ろいに敏感になる秋こそ朝顔の持つ季節感とピッタリ合うとも云えそうだ。

朝顔の紺の彼方の月日かな　（波郷）

この名句も、考えてみれば、朝顔だからこそピッタリとする。他の花ではこうは行くまい。どこか可憐で、どこか頼りなげで、それでいて次々と咲き、つるをどんどん伸ばしてゆく生命力に、俳人は未来の明るさを見たのかもしれない。

朝顔やすでにきのふとなりしこと　（真砂女）

たった数日前のことなのに朝顔市はもう想い出の中の一コマになってしまって、ベランダの朝顔の鉢はどこか乙に澄ましているような気配だ。数千と並んだ市場の鉢の中から一つだけ選ばれた朝顔、花は想い出の世界の中で咲いているようだ。

（２００６・７・24）

青い色の意味

藤、あじさい、菖蒲《しょうぶ》―初夏の花には、なぜか青みがかった色が多い。梅、桜、桃など、春の花はどうしてかピンク色を連想させる。夏はやはり赤いダリアとか、けしの花のような燃える色が似合う。

ちょうどわが家に薄青色のあじさいの鉢が送られてきた。送り主は日本の農林中金のような、フランスの銀行クレディ・アグリコルの東京支店長の奥さんからだ。

大変気のきいた贈り物だと妻と二人で語り合った。それというのも、支店長夫妻を、数日前、フローベールの小説ボヴァリー夫人の結婚式の料理を再現した晩餐会に招待した。そのお礼の贈り物だったからだ。

小説ボヴァリー夫人では、青い色や薄い青みがかった色が小説の中で頻々語られ、全編に「青い」色調を与えている。結婚式の料理でも、見事なウエディング・ケーキは、青い色の大きな箱にのって登場する。ボヴァリー夫人を絵に描くときは、大体青い色の洋服にすることが多いようだ。

どうしてこの小説は、青い色調に染まっているのだろうか。青い色はどこか不安で、いつも焦燥感にとらわれているボヴァリー夫人の心理をそれとなく象徴しているのかもしれない。

結婚した婦人でありながら、夫との生活にあきたらず二度まで浮気するボヴァリー夫人。背徳の書といわれて裁判ざたにまでなったこの小説をつらぬく色調が、激しい恋の紅色でも、暗い深層心理を象徴する黒や灰色でもなく、どことなく、頼りなげな、他の色に圧倒されてしまうような青ないし、薄青色なのにはきっとそれなりの理由があるはずだ。それは少女時代の青春を象徴する、いわばピンク色でもなく、成熟した女の色の赤やオレンジでもなく、どこか中間色的なブルーが象徴する過渡期の年代をボヴァリー夫人が生きていたからではあるまいか。

そう考えると、真夏の前で、しかも華やかな春のあとの初夏の時期に、青みがかった花が咲くのももっともに思える。

青い色は過渡期の色なのかもしれない。そういえば、青二才だのといって青はまだどこか未熟なものの象徴に使われている。

（２００７・５・28）

九三歳の勘と三歳の連想

親しい友人から聞いた話である。スイスはチューリヒに住んでいる娘が三歳の孫と一緒に来日したので、三人で箱根の「星の王子さまミュージアム」へ出掛けたという。

「星の王子さま」と三歳の幼児に言っても分かるまいと、外国人の作ったお話だと説明し、そのはずみで、「星の王子さま」のフランス語の元名「プチプランス」を口ずさんだ。

するると、幼児は、突然モンルーユ、モンルーユと叫ぶ。何事かと母親に尋ねると、モンルーユとは、数カ月前、保育園から遠足で出掛けた、スイスのフランス語地域の町の名前だという。連想力が働いて、数千キロと数カ月を隔てて、全く違った二つの事柄が結び付けられたのだ。

しばらくたって、この友人と茶のみ話をしていると、「この間は、三歳の幼児に驚かされたが、今度は、九三歳の母に感嘆した」と言う。

ちょうど、花見の時期で、夫婦そろって九三歳になる母親を花見がてらにレストランに招待した。話題の一つにもと、この友人の妻は、桜の模様のついたハンドバッグを持ってゆき、食事の途中で、母親にそれを見せながら、窓の向こうに咲く花をいたずらして室内へ持ち込みまして…と冗談を言ったそうな。

すると、母親は、自分のハンドバッグをゆっくりと開けると、桜花の模様のついたハンカチーフを取り出し、「私も花をハンドバッグに入れて来たのよ。きっと、貴方が、なにかするだろうと思ったから、私も一つと…」。

年老いても女の勘は鋭い。また小さい子どもの連想力は、驚くべきものがある。われわれ中年（?）もしっかりしないといかぬ、というのが友人の話の結論だった。

昨今、数字、数字と何事も数に還元する風潮の世の中だけに、もう少し勘や連想といった、「詩的」風情を大切にすべきということなのかもしれない。

（２００８・５・12）

老樹春の心

京都の東北、粟田口の一角、竹林にかこまれた坂の近くの料亭。富山県の農家から移築したという漆黒の梁に支えられた高い天井の部屋。そこが食後の茶菓の接待の場所となっている。

入り口に近い隅に天井から二抱えも三抱えもあるしだれ桜の巨大な枝がたれ下がっている。よく見ると紅白の玉状の花で、もち米で作った正月用のもち花であり、枝は柳の古木であるという。

こうした正月用のもち米の花にはいろいろな意味があろう。冬の最中なので野に咲く花もないため、米つぶで花を作る気になることもあろうし、正月のめでたさのシンボルを花にたとえようとしたのかもしれぬ。あるいは、冬の厳しさの中に春の訪れを願う気持ちの象徴とも思える。

そんな思いをめぐらせながら床の間を見ると、そこに額がかかっており、「老樹春」という三文字が書かれている。

老木にも花が咲き、春が訪れる—年老いてもいつまでも若さを失わないように、と訴えているようだ。梅にせよ桜にせよ、古来老木の花がめでられるのは、老いの中にも咲く美の神秘性ともいえるものへの思いからではないか。世阿弥の風姿花伝にも、そうした思いに通ずるものがあるような気がしてならぬ。

それに、日本庭園でも、若い生き生きとした樹木もさることながら、むしろ老木の味を楽しむ傾向がある。西ヨーロッパの庭園のように花の咲き乱れた美しさを誇るよりも、ささやかな花の配置で春の訪れや夏の盛りを連想させる演出の方が好まれる。そこには、時間の経過と美の盛衰に対する日本古来の感覚がにじみ出ているような気がしてならない。

そんなことを「老樹春」の額の前で、フランスの元文化大臣ジャック・ラング氏に語りかけると、氏は「真の青春の心は決して老いない」とつぶやいていた。

（2009・2・16）

桜の心、人の心

今から一世紀近く前に、当時の東京市長であった尾崎行雄の発意で、日本からアメリカの首都ワシントン市に対して友好のしるしにと贈られた三百本あまりの桜。その桜を今年ワシントン市当局は、財政難のため売りに出すことになったらしい――。

そんな突拍子もない噂が丁度桜の季節に飛びかって人々をびっくりさせた。真実は、エープリルフール（四月ばかか）の洒落の一つとして米国のとある新聞記者が言い出したことだったようだ。

もっともこの話には尾ヒレがついている。この四月ばか「騒動」を流した記者は、ついでに、ワシントンの桜の木は、日本語しか解さないので、桜の木の世話をしているアメリカ人の庭師は困っている、と冗談のつもりで言ったらしい。ところが当の庭師は、長年ワシントンの桜の手入れに心をくだいてきたエキスパートで、桜の木の心は十二分に自分は分かっていると反論したという。

桜の心といえば有名な西行の歌を思い出す。

　花見へと群れつつ人の来るのみぞあたら桜のとがにはありける
折角一人静かに庭の風情を楽しもうと思っていたが、花見客が群れをなしてやって来てさわがしく、そうもいかない、これも桜のせいで困った、という嘆きの歌だ。

この歌を逆手にとって桜の精を登場させ、「無心の草木の花に浮世のとがを負わせるのはいかが」と言い返させたのが能「西行桜」の演出だ。

たしかに桜は人を誘い、人を惑わせ、人を浮かれさせるが、それは桜がそうさせるのではなく、あくまで人間の心の反映にすぎない。

「西行桜」の中で、結局桜の精は、西行自身の夢の中にあらわれた西行の心の動きのシンボルにほかならないこととなるが、これも正に桜の心は実は人の心だからであろう。

（２００９・４・27）

夾竹桃によせて

夾竹桃《きょうちくとう》の花。可憐でどこか楚々とした感じがあるが、それでいて芯の強そうな感じが漂っている。

夾竹桃影濃く運河潮みてり

そんな俳句があるように、夾竹桃は、潮風にもめげず、また、あまり水の豊かでないところでも育つようだ。こうした生命力の強さのせいもあってか、また、折からちょうど夾竹桃の咲く季節の真夏だったこともあってか、広島の原爆の跡地に最初に咲いていた花は夾竹桃だったという。

夾竹桃花なき墓を洗ふなり

石田波郷のこの句も、夾竹桃の生命力の強さをふまえてのものかもしれぬ。

夾竹桃のそんな力強さに注目して、この花を再生のシンボルに見立てて、見事な花の織物を作り上げた人がいる。京都の著名な織物工芸家、龍村光峯氏だ。氏は、夾竹桃のデザインの織物を、再生ないし復活のシンボルとして、ローマ法王に対し、在日バチカン大使を通じて献上したという。

もっとも、夾竹桃には別の側面もある。夾竹桃の樹液は、毒素をふくみ、枝をなまじかじったりすると毒にあたることがあるという。しかし、毒性とともに、夾竹桃は強心剤として効く成分をもち、漢方薬にも利用されてきたようだ。

そもそも夾竹桃は、インドが原産地のようで、仏教の経典のなかには、夾竹桃の花輪を謀反人の頭にかぶせたとする説話もあると聞く。

キリスト像も、時として頭にいばらの冠をのせられている姿として描かれているが、夾竹桃の花輪には、いばらの花輪にも似た、どこか憎にくしげなムードがまつわりついているのかもしれぬ。

　夾竹桃しんかんたるに人をにくむ
花は恩讐をこえた彼方にこそ咲き誇る。

（２００９・８・３）

盆栽の心

リトアニア――。ロシアの北西部、バルト海に面する小さな国。ロシア、ポーランド、そしてドイツと、周囲の大国に占領や合併されながらも、その歴史をのりこえて、今やまた立派な独立国として生き抜いている国だ。

その国から、一人の大使が日本にやってきた。大使といっても「盆栽」大使、プタカウスカス氏だ。氏は、リトアニアが事実上ソ連邦の支配下にあったとき、アフガン戦争にかりだされ、悪夢になやまされた。戦場の体験で心を痛めつけられた氏は、帰国後数カ月間も眠れぬ夜をすごしたという。

そんな彼をなぐさめようとしたのだろう。ある日、友人から「ボンサイ」という小さなカードのついた「鉢植え」が送られて来た。

小さな植物が、小さな鉢のなかでしっかり生きている姿をみて、プタカウスカス氏は、心がゆれるのを感じた。それが縁となって、氏は盆栽に興味をもち、資料をあさって技術を学び、自分で盆栽作りを始め、氏の傷ついた心は、次第次第に癒えていった。そして、ふとした機会に日本庭園の写真を見てから、庭園造りに没頭し、不眠症を克服したという。氏にとって盆栽は、いわば自然の心に入るための入り口であり、庭園は、自然の懐であり癒やしの場所だった。

日本の盆栽はヨーロッパの博覧会などでそれだけポンと陳列されても、奇異な形の植物とみられるだけだった。それが日本に長期滞在する外国人によって、日本庭園の美とともに、生活の一部として見られ、鑑賞されたとき、盆栽の持つ心、すなわち、自然を自分の手元に引き付けようとする精神が理解されるようになったようだ。

盆栽の心は、日々の生活のなかでの自然との対話にあったのだ。そこにプタカウスカス氏は、心の癒やしを見いだしたのだろう。

（2009・11・16）

桜の精神

ロシアの文豪、アントン・パーヴロヴィッチ・チェーホフ。そのチェーホフの名作「桜の園」は戯曲にもなって人々に親しまれてきた。

三百万坪という広大な領地をひきついだ、人のよい貴族、ラネーフスカヤ夫人。夫と死別し、息子を事故で失ってから、いささか自暴自棄になって情夫とともに外国生活を送るうちに借財はたまるばかり。

領地の中心部に美しく咲き乱れる桜の木々を切り倒して別荘地を造成して売り出せば生計を

たて直せると説く商人ロバーヒン。そのロバーヒンは元はと言えば農奴の息子だ。

結局競売に出された土地はロバーヒンが買いとり、桜の木は切り倒される。「桜の園」は、滅びつつあったロシアのもろく美しい貴族社会を象徴している。

この名作の中で桜の木が「切り倒される」というところに滅びの象徴を見いだしたのは、いかにもロシア的というか西洋的だ。

同じような筋書きの小説を書いても、日本人なら、桜が満開の直後にヒラヒラと散っている情景に滅びの美学を見いだし、「桜の園」が花散る里になったところで小説を終え、その後桜の木が切り倒されるありさまは、小説の世界の外においておくのではなかろうか。

私たちは花見をする時、咲き誇る桜の花の美しさをめでているだろうか。そうとは限るまい。むしろ、この美しく咲く花も、あっという間に散ってしまうということを心のどこかで強く意識し、それだからこそ、わずかの間の美しさを余計いとおしむのではあるまいか。しかも桜の花は、満開の美しさの中で散ってゆく。枝にしがみついてしおれ、枯れた姿を人々に長くさらして散るわけではない。

人間も活躍している舞台なり場所からの、「引き際の美」を大事にしたいものだ。

（２０１０・４・12）

夕顔に思う

暑い夏に、ひとり部屋にこもって仏の道の修行をする―。今ではあまり聞かれない「安居《あんご》」という風習は、元来インドの習慣だったらしい。

何十日もこもって修行するだけに、その期間が終わる日（解夏《げげ》の日）は、修行者にとって一つの感慨であり、すがすがしさを感じる時であるのは当然だろう。

そうした清涼感と関係があるのかどうか分からぬが、解夏にあたっては、安居の期間中に仏前に供えた花をいとしんで、花の供養をする習わしがあるようだ。

立花供養。この行事にはどうも夏という季節と花との関係がからんでいるような気がしてならない。

日本では、夏の花は、夏（陽暦）の初めに咲くものが多く、真夏を象徴する花となると以外に少ない。朝顔は今でこそ夏の花だが、歴史的（陰暦中心の時代）には、秋の花でありそのせいかどこかに盛夏というより夏の名残の風情がただよう。

昔も今も、真夏の花といえるのは、おそらく夕顔ではないか。真白の姿で清楚ながらどこか官能的な雰囲気もある夕顔はいかにも夏の花らしい。源氏物語の有名な「夕顔」の章も、楚々としてはいるが男心をそそる女の姿が描かれているように思える。

その源氏物語の夕顔に題材をとった能「半蔀《はじとみ》」には、舞台中央に生花を生けた形で演ずる（立花供養形式）のものがある。

その舞台を見ていてハッと思った。舞台の花は、もちろん、花の精ないし魂を象徴し、ひいては、夕顔のはかない、花の命を体現しているのだが、実は同時に、過ぎ去りゆく夏と、さらにその奥にある季節や時の流れそのものを象徴しているように見えた。事実、夏という季節は、なぜか、過ぎ去ったあとにこそその風情が身にしみるように思える。

（2010・8・23）

古品種の植樹

皇居の東御苑。徳川時代には江戸城の本丸があり、忠臣蔵で有名な松の廊下があったところだ。その松の廊下の跡地から数十メートルはなれたところに、二つの果樹園がある。東西に分かれた果樹古種園だ。

そこには、日本に古くから伝わる果物のうち、カキ、ワリンゴ、スモモ、ナシ、カンキツなどの果樹の「古い品種」の苗木がいくつかずつ植えられている。

渋柿の一種の祇園坊、不完全甘柿で種子の周りに斑点のある禅寺丸、ワリンゴでは、加賀藩在来と名づけられた甘酸っぱい、渋味のある品種、ナシは酸味の少ない淡雪、カンキツ類ではさっぱりした味のエガミブンタンなどなど。名前もどこかゆかしいものが少なくない。どの木も一メートル前後ほどで大きくないが、二百平方メートルもあるかないかと思うほどの小さな敷地にきちんと植えられている。

説明板の横に、和歌が見える。

江戸の人味ひしならむ果物の苗木植ゑけり江戸城跡に

なんと陛下の御製の歌である。それもそのはずこの果樹の何本かは、平成二〇年と二一年の両年、天皇皇后両陛下によって植えられた苗から育ったものだという。

果樹の古い品種を大切に育てる心は、生物の多様性を保存する心とともに、古き日本の伝統を守る心にもつながる。

昨今何かといえば、新しいものに人々の注意がゆき、「新製品」の売り出しが宣伝される時代だが、新しいものは、古きものが立派に保存されてこそ真に新しさを輝かせることができるのではあるまいか。

それに、よく考えてみれば、古い品種から育った樹に果実が実る日は、実は、古きものの単なる再生ではなく、人の心の新しい結実なのではなかろうか。

（２０１１・３・７）

梅の精神

そろそろ梅の花の季節だ。梅花の名所は全国各地にあるが、梅を連想させるものに、江戸は湯島天神、京の都は北野天神などの天神さまがある。湯島の白梅といえば、一時は流行歌でも有名だった。

天神さまと梅が結び付いている一つの理由は、菅原道真公が、梅をとりわけ愛おしんだことと関係があるのではなかろうか。天神さまには、学問の神として菅原公が祭られており、だからこそ受験シーズンになると受験生や親たちが天神さまにお参りにくるのだろう。梅もそうした連想からか、好文木などと呼ばれて、学問や和歌の精神を体現した花とされる。

どちらが先で、歴史的にどういう由来かはともかく、花の中で梅は、学問の精神を象徴する花とされていると言ってよいのではないか。

それに、考えてみると、冬が終わるか終わらないかの時期に、梅は多くの花に先駆けて咲く。「花（桜）の兄」などとよばれるのもそのせいだろう。

「先駆けて咲く」という先駆性は、まさに学問の精神だ。加えて、冬の間じっと寒さに耐えてつぼみをつくり、そして可憐な花を、華やかな春の花に先駆けて咲かせるのは、真理を追究する学問の道の厳しさを象徴しているともいえる。

ところが、梅に体現されているそうした学問の精神は、現在いささかゆらいでいるようにも見受けられる。学者が「評論家」的に政治や行政に意見を言うかと思うと、企業なみの営利的センスで仕事をする学者も後をたたない近ごろの風潮だ。

学者や学問の府が、象牙の塔であることをやめて、社会に直接貢献してくれることは、もとより良いことには違いない。だからといって、学問の道をきわめることの厳しさ、「寒さ」に耐える精神がおろそかにされては困る。

梅の精神は、なにも受験生だけが大事にするものではなかろう。

（２０１２・２・６）

散る桜の美

激動の幕末時代、蘭学を学び、海防を唱え、吉田松陰など多くの弟子を育てた、時代の先駆者ともいえる思想家、佐久間象山。遂には暗殺の憂き目にあった、悲劇の人でもある象山は、

折にあへば散るもめでたし山櫻めづるは花の盛のみかは

という和歌を残している。

これまた激動の昭和初期を生き、満鉄総裁や外務大臣を歴任し、その後は戦犯として巣鴨プ

リズンに抑留され、悲劇の死を遂げた松岡洋右は、象山の歌を愛し、外務省を辞めて政界に打って出るに際して、この歌の心を念頭においたといわれる。

もとより、象山は信州ゆかりの人である。全国的に知られる信州の桜の名所となると、高遠くらいのようだが、これは、桜の開花次第で籾まきの時期をきめるという、下伊那郡の「苗代桜」の慣行に見るように、人々はこの時期に桜を楽しむどころではなかったからかもしれぬ。

その高遠に生涯配流され、小さな屋敷で、かつての華やかな大奥生活と懸け離れた侘びしい余生を送った絵島の生涯も、花と散る人生の美学を貫いた生き方だったといえる。

象山の歌は、表面的には、散る花と盛りの花とを区別しているように響く。また、人によっては、散る桜を愛でる感覚は、近代のものであり、それも、玉砕精神や軍国主義思想と結び付きやすいものだという。

しかし、よく考えてみると、桜は他の花とは少し違う。花は大抵、咲き誇った後、萎れ枯れて、散っていく。けれども、桜は、花としては、最も美しい状態のなかで、花びらが萎れて枯れてしまう前にぱっと散っていく。

そこには、美のはかなさの中にこそ、本当の美がこめられているという精神が宿っており、それは人生の美学と同じと思えば、象山の歌の真意もまた同じかもしれない。

（2017・4・10）

桃花と同文「異種」

三月三日のひな祭りには、人形はもちろんだが、桃の節句という言葉通り、桃の花を飾った家庭も多かったであろう。

けれども、桜や梅にくらべると、桃の花はやや縁遠い。現に桃の花を詠んだ歌は、あまり多くない。万葉集でも数首（山桃を含めて）にとどまり、古今集や新古今集にはまず桃の花は出てこないようだ。桃太郎の話や、古事記の有名な「いざなぎのみこと」の黄泉《よみ》の国からの逃亡物語でも、出てくるのは桃の果実であって、花ではない。

ところがお隣の中国では、古代の「詩経」以来、桃の花は美女のイメージをかきたてるものとして、多くの詩や物語に引用されてきた。そればかりではない。西域の仙女「西王母」の国には、三千年に一度花をさかせる桃があるとされ、西遊記に言及されたり、漢の武帝にまつわる故事に記されたりしている。

そうした背景もあってか、陶淵明の「桃花源記」のように、桃の花咲く所は、俗世間をはなれた別天地であるかのごとく描かれている例もあるほどだ。そこまでいかなくても、李白が「山中問答」で、桃花流水と詠って、桃の花が悠然と流れていく様を詠嘆していることは、日本でもよく知られている。

このように、中国では、桃の原産地だけあって、春の花といえば、桃花とされるほどであり、中国人のロマンをかきたててきた。

しかるに、日本では、桜や梅の方が（詩的世界では）はるかに珍重されており、桃の花にまつわるロマンの物語もあまり聞かれない。なぜだろうか。

桜や梅の樹は庭先や街角にあっても、桃の樹はあまり植えられなかったからだろうか。あるいは、「ふだん着でふだんの心桃の花（細見綾子）」というのが、日本人の心根だからかもしれない。日中関係も、同文同種とばかりはいえないようだ。


（2018・3・12）

タンポポで世界巡り

タンポポというと何を思うだろうか。

アメリカの首都ワシントンの郊外あたりだと、タンポポは、折角きれいに手入れした芝生を荒らす雑草として扱われる。

一方フランスでは、春先になるとレストランのメニューにタンポポサラダなどが登場して季節感を盛り上げる。国によっては、タンポポの根からコーヒーを作り、「タンポポコーヒー」としゃれているところもある。

昔日本では、茎の両側を切り、水につけると反り返って、ちょうど鼓のような形になるので、タンポポを鼓草と呼ぶこともあった。

また、タンポポは、粘っこい乳液があり、花の可憐さとは違ったイメージをつくり上げるせいか、そのイメージ変化が俳句にもなる。

　　乳吐いてたんぽぽの茎折れにけり
　　　　　　　　　　　　　（室生犀星）

ところが、この乳液が最近にわかに注目されているという。それというのも、この乳液からゴムができるというのだ。

もとより、天然のゴムの木があり、また合成ゴムも多く使われているため、いまさら代用品などいらないと言えそうだが、そうでもないらしい。弾力性との関係もあって、飛行機や競走用自動車のタイヤのゴムは、合成ゴムばかりではうまくゆかず、天然のものが必要とされているという。

天然ゴムは、南洋の国々が主産地なので、天候や地元の政治不安に影響されやすく、価格変動が激しい。現に、価格安定をはかるための国際的な話し合いの動きさえあったほどだ。

タンポポという言葉をぶらさげて、パラシュート形の種（痩果）のように世界をふわふわと巡ってみると、その効用とイメージの多様性に驚くが、どこかでタンポポゴムの大量生産はできないものだろうか。

（2018・6・25）

サボテン人気の背景

新型コロナの世界的流行は、思わぬところに、一見奇妙な波乱や現象を引き起こしているようだ。そうした思わぬ現象の一つに、サボテンブームがあるという。

サボテンというと、アメリカの西部劇の舞台となる砂漠や平原に、奇妙な姿を見せている植物を思い浮かべる。

事実、サボテンはアメリカ大陸原産であるが、その種類は二千から三千種に及ぶといわれ、とげのないものもあれば、美しい花を咲かせるものもある。現に夜、大きな花を開く「夜の女王」や、美しい白い花を咲かせる「月下美人」など、詩的な名前を持つものも少なくない。他方、真っすぐ上を向く緑の枝ぶりを誇り、弁慶柱だの白頭翁といった名を持つ種類もあり、どこか、人々の幻想をかき立てる植物だ。

そのせいもあってか、近年、欧米、日本などで、サボテンを観賞、栽培する人が増えていたが、新型コロナの影響で、このところ一部ではブームに近い現象が起こりつつあるらしい。それというのも、巣ごもりが増えると、家のなかでの植物観賞に人々の注意が向き、散水や肥料の世話などが比較的容易とみられるサボテンにあらためて人気が出ているからだそうだ。

ところが、サボテンは手入れをしなくとも長旅に耐えるため、遠い南米に生育する絶滅危惧種のサボテンまでが、ネット取引されたり、不法に密輸入されたりして国際問題に発展している状況だという。

サボテンは、種類によっては、乾燥しても木質化せず、繊維が網状に残るので、民芸品の素材になったり、あるいは、果肉をジュースに、茎をピクルスにしたり、下痢薬や発酵酒のできる種類もあり、見る人の想像力を刺激する植物だ。

テレビ会議のスクリーンの背景にサボテンを置き、この植物の生える世界や、その変化に富んだ効用に思いをはせるのも一興かもしれない。

（２０２１・６・７）

ハスの全て

お盆のお飾りには、よく花ハスが使われる。うす紅色のハスの花は、どこか清楚ですがすがしい。こうしてお盆をはじめ仏事に関連してハスの花や葉が使われるのはどうしてなのだろうか。

日本の詩歌をさかのぼってみると、万葉集に出てくるハチス（ハス）の葉は、歌姫か遊女に例えられ、芋の葉と形容される古女房と比較されたりしている。およそ、神聖な仏の教えとは関係なかったようだ。

ところが、仏教が広まり、文芸の世界にも大きな影響を持つようになった平安時代以降になると変わってくる。僧正遍昭が、「蓮葉《はちすば》のにごりに染まぬ心もてなにかは露を玉とあざむく」と詠んだように、泥沼から清い花を咲かせるハチスは、俗世間の汚れを離れた仏の道を象徴するものとされるようになった。

ちなみに、ハスがもともとハチスと呼ばれたのは、花托《かたく》に蜂の巣に似た穴があることからで、短縮されてハスといわれるようになったと聞く。

泥の中で咲く花の清らかさの他にも、ハスが神聖なものの象徴になった理由はあるだろうか。考えてみると、ハスほどあらゆる部分に効用がある植物は多くない。花は美的観賞の対象とされ、葉は、台湾や東南アジアでは飯の器代わりに使われたり、米飯を包んで蒸し焼きにするときに用いられたりする。茎は野菜として食用にもなるが、葉とつながる部分に穴を開けて「象鼻杯」といって杯にすることもある。

繊維で作った蓮糸《はすいと》は、仏僧の袈裟になる。種子は中国などでは乾かしてお茶にする。地下茎は蓮根《れんこん》で、もちろん食べられる。

生命力が強く、千葉県の地層から見つかった２千年以上前の種子を植物学者の大賀一郎博士が発芽させ、大賀ハスと呼ばれたことも思い出される。

枕草子で「蓮葉《はすば》、よろづの草よりもすぐれてめでたし」とされていることにも、納得である。

（２０２３・８・14）

梅雨の晴れ間、北信濃・下高井郡木島平村の稲泉寺で大輪を咲かせた大賀ハス。休耕田に約十万本が植えられ、例年７月に見ごろを迎える＝2021年７月８日付・信濃毎日新聞北信面掲載（254ページ「ハスの全て」参照）

第九章　言葉のあや

以心伝心の教授法

埼玉県さいたま市に国際交流基金日本語国際センターという研修施設がある。外国人の日本語教師を招聘して数カ月研修させたり、教材製作の基になる素材を提供したり、海外の日本語教育についての調査、研究を行っている所だ。

先日、このセンターの日本語授業を参観に行った。さまざまな国籍の日本語教師たちが、日本語能力を更にみがくために寝食を共にして頑張っている姿はすがすがしい。

参観した授業ではスキットを使って、「…してもらう」と「…してあげる」と「…してくれる」という三つの表現の使い方を教えていた。日本語を母国語とするわれわれにもなかなか難しい問題だ。

誰でも真っ先に主語（動作の主体）と動作の相手方によってこの三つの表現の使い方が違うことはすぐ分かる。おばあさん「に」してあげる、お母さん「に」してもらうであるが、友人「が」してくれる—そこまでは生徒たちの全てがよく分かっているようだった。

ところが先生は面白いことを云い出した。

一体、この三つの表現は、誰かに頼まれた状況の下で使うのか、それとも頼まれなかった時でも使う表現か考えてみようというのだ。

たしかに、「してあげる」の場合は、頼まれなくても「してあげる」ことがあろう。ところが「してもらう」の時は、普通は裏に、依頼があり、その結果相手がしてくれる場合であろう。そうすると、「してくれる」はどうだろう。「してくれた」は依頼のある時もあるし、ない時もあるというわけだ。このようにして外国人に日本語を教えていると、実は、日本の伝統にある以心伝心の精神もかかわってくることが分かる。

頼まれたからやるのではなく相手の気持ちを察して、こちらから黙ってやってあげる、それを以心伝心とみなすと、(黙って)やってあげる文化と(いちいち頼んで)やってもらう文化の違いが、自然と理解できてくるような気がした。

まさに以心伝心の日本文化教授法かなと思いながらほがらかな笑いに満ちた教室を去った。

(2006・9・4)

俳句と漢俳

漢俳学会―昨年、中国で結成された、漢字による俳句の同好会であり研究会の名前である。俳句と同じく、五、七、五の十七文字(漢字)の詩型だが、俳句と違って季語はなくともよく、また漢詩と異なり、韻や平仄《ひょうそく》などという複雑な規則もない。

緑蔭今雨来
山花枝接海花開
和風起漢俳

この漢俳は、漢俳の創始者の一人、趙樸初氏が、日本の俳人との交流の席上で作ったもので、漢俳の嚆矢《こうし》であると言われているようだ。

俳句は近年、国際化が著しく、一つの短詩の型として「ハイク」という言葉が、伝統的俳句とは別に作られているほどだが、俳句がここまで国際化してくると、当然のことながら、俳句の本質ないし固有性は何かということが、あらためて問題となるのは避け難い。

例えば、季節の問題がある。漢詩の長い伝統を持つ中国と、その中国の文化をかなり消化した日本との間でも、相当違うようだ。

漢俳学会の会長で、日本語にも堪能な劉徳有・元文化部副部長によれば、

柿くへば鐘が鳴るなり法隆寺

という子規の名句に出てくる「柿」にしても、日本ではこの句を読んで、奈良の山麓に広がる林の中に色づく柿の木と秋の風情、そしてその風情を、自らかじる柿の味とともに味わって、しみじみと深まりゆく秋の情緒をかみしめるであろう。そしてそこに、そうした情趣をさ

らに深めるかのように鐘の音が草にも心にも響く──そうした日本人の感覚がとらえる秋の風情のすべてを、中国人に想像し、同じように感じなさいと言っても無理だ、というのだ。どうも「柿」は中国ではもっと散文的存在らしい。

そうだとすれば、日本の俳人と中国の詩人が、共に同じ場所に、同じ時、いわば吟行に赴き、おのおの俳句と漢俳を詠んでみたらどうであろう。お互いの季節感覚の違いや情趣の異なり方がよくわかって面白いのではないか、そう提案しようとした矢先に劉氏がニッコリ笑って言った。

中国では吟行とは詩を口ずさみながら歩くことを言う場合が多いのですよ、と。

どうやら日中間では、吟行の意味から再定義せねばならないかもしれない。

（２００６・12・18）

日本精神

「いらっしゃいませ」

「またおこし下さい」

コンビニやスーパーの女性にこう挨拶されて、中国の高校生李君はとまどった。

中国で日本語を勉強し、今は日本人の家庭でホームステイをしているとはいっても、日本語は完璧ではない。李君にとって、丁寧な日本語は、時として理解しにくく、時としていたくよそいきに響いた。

そんな気持ちで日本人に接していると、どこの店でも中国と比べて、いやに丁寧で親切だが、どこかよそよそしいように思えてならない。

どうして日本人は、お客となるとこんなに丁寧なのだろうか、やはり品物を売りたくて仕方がないからなのか——。そんな疑問をもった李君は、ある時、学校の「実習」で市場の売店の商品の包装や店の掃除を数日間手伝った。

その売店の女性は、いつも笑顔でお客に接し、とても丁寧だった。

なぜお客にそこまでしなければいけないのですか——。李君が日ごろの疑問をぶつける形である時そうたずねると女性は言った。

「買い物をしに来るお客さんは、ただ商品をお金と交換するために来るのではありません。買い物は一つの楽しみなのです。だからできるだけお客さんに楽しんでもらうことが大切です。お客さんが楽しんでくれれば、私もうれしくなって楽しい。丁寧にお客さんに接するのは、売らんかな精神ではなくて、一緒に楽しもうという心意気なのですよ」

そう言われて李君は、日本人の持つ和の精神がここにもにじみ出ていると感じて感動した。

李君が日本で会得したものは、日本語をこえた、日本精神だった。

しかし、中国の高校生を感動させたこの日本精神を、どこまで、そしてどれほどの日本人が現在共有しているだろうか。


（２０１０・１・25）

マンガか漫画か

日本の若者が漢字を満足に書けなくなっているという声がある。

たしかに、新聞や雑誌をどのていど読んでいるかの年齢別調査（今年三月実施）によると、一〇代と二〇代の数字（平均して約七〇％）と五〇代と六〇代の数字（平均して約九〇％）との間に大きな差がある。若者の新聞離れ、活字離れはたしかによくいわれるように深刻だ。

しからば若者文化といわれるマンガはどうだろう。手元にあった、安野モヨコさんの少女マンガ「シュガシュガルーン」の第一巻を読み直してみて面白いことに気付いた。伝統的には、漢字を使うところが、多くの場合カタカナになっているのだ。

カワイー、サイコー、ゼータク、カンタン、キライ、ホント、ニラム、ゼッタイ、スキ、ナゾ、ダメ、ケンカ、ハジ、カンケイ、ニセモノなどなど。大体において、マンガの主人公の感情をスパッと表現する言葉にカナ文字が多い。

では漢字は使わないかというと、結構難しい漢字も使ってある。魔界、呪文といった非現実的世界を連想させるものや、琥珀（コハク）、天鵞絨（ビロード）といった、贅沢品を表すものには、逆に漢字が使われている。いいかえれば、若者の感情の上から自分に近いものはカタカナになり、遠いものは漢字になっているように見える。

隣国の中国が漢字の国なのに、今やカタカナ文化のほうが日本の若者には「近い」ものと考えられ、漢字文化は「遠いもの」とみられているとすると、これからの時代にはいささか問題だ。

漢字はカッコイイ、カタカナや英語は古くさいー。そんな感覚を持った「マンガ」ならぬ「漫画」の主人公も出てきてよいのではないか。


（2010・11・1）

「かわいい」人たちへの苦言

「かわいい」とローマ字で大きく書いたポスター。これはスペインで開催された日本のマンガやアニメの展覧会の宣伝ポスターだ。

今や「かわいい」という言葉は、一種の国際語として通用しているという人もいるほどだ。それだけに、何が「かわいい」ものの本質なのかについては、人により、所によって見方や考え方が違っているようだ。「あの相撲取りはかわいい」などと、およそ「かわいい」という形容詞が普通には使えそうもないものにまでこの言葉を用いる人もいる。

もともと、「かわいい」というのは、少女趣味の対象か、子供じみた行為に対して使われた言葉のはずだ。ところが昨今、「かわいい」という概念は、成長、出世、権力、財産、さらには、きまじめさや野心に対する抵抗の象徴になりつつあるように見える。「すごい」とか「すばらしい」とかという言葉は、いまやどこか威圧的で、いやらしく響くのかもしれぬ。もっと素直で、素朴なものへの憧れが、「かわいい」にはこめられている。

少女たちだけではない。「オタク」と呼ばれる少年たちも「かわいい」という観念に、むしろ同調しているようだ。女性たちの結婚年齢がどんどん上昇している今日、少女たちは、「大人」になる前の期間を長く楽しめるようになり、その期間を精いっぱい生きようとすれば「かわいい」少女趣味の世界に没頭するのが一番よいのだろう。

しかし忘れてはならないことがひとつある。少女趣味はある意味ではもともと一人よがりの世界であり夢の世界だ。そして昨今の「かわいい」という概念も、夢の世界への片道切符なのではないか。自分だけの世界がそこに作られており、その意味で閉鎖的だ。そこがどうも可愛くないように見えるのだが…。

（2011・9・26）

「モ」の効用

信州にも縁の深い俳人、小林一茶。この一茶の俳句を数にして二万前後、英語に翻訳、しかも一茶についての独自の検索サイトを開設した、アメリカの研究者デイヴィッド・ラヌー氏は、東京での講演の中で、今から約二百年前に一茶が作った俳句をあらためて紹介してくれた。

つくづくと　蛙《かわず》が目にも　桜かな

ここには、蛙も桜をながめて楽しんでいるかのような風情がにじみ出ている。蛙に感情があるかないかとか、蛙の気持ちを人間が共有できるのかなどと、論理的疑問を発するのは野暮の骨頂だろう。ここでは、人間が、みずからを蛙に同一視して、共に桜を楽しもうとしているのだ。

蛙と桜と、そしてそれを眺める人間は、大きな自然のなかで一体化されている。そうした自然との一体感や生物同士の仲間意識といったものは、人間と神と自然とを分ける見方からは、なかなか出てこないものかもしれない。

そう思いながら一茶の俳句集を手にとって見ると、気のせいか「モ」の使い方が微妙に意味を深めているようなものが少なくない。

蛍火や　蛙もこうと　口を明《あ》く
入相《いりあい》ハ　蛙の目にも　泪《なみだ》かな

こうしてみると、「モ」は、人間と動物、自然と人工、人間と人間との間に、ある一体感や、連帯感を育てるキーワードになっている感がある。

昨今、なにごとにつけ、俺「ハ」、私「ガ」と、「ハ」や「ガ」がはやるが、「モ」の精神も忘れてはならないだろう。

もっとも、同じ「モ」でも、「われも、われも」のように、いたずらに他人に迎合するものや、追従するための掛け声では困る。ここは、私「モ」ではなくて、私「ハ」、「モ」を大事にしたいと言いたい。

（２０１１・12・５）

華道と生け花

生け花と華道とはどこが違うのか。ある生け花の師匠と華道の精神は何かという話をしていてそんな疑問をもった。それというのも、その師匠は、終始「生け花」という言葉を用い、「華道」とは言わなかったからだ。

もとより、華道というと、「道」という文字があり、剣道、柔道、などのように、何か精神的な教えという響きがある。華道の精神とは、おそらく自然を慈しむ、静かな心なのかもしれぬ。花を生けることによって精神的修養を行うことが、「華道」という言葉に象徴されている。

一方、生け花というと、どこか優雅な趣味の薫りと、生き生きとした日常性が感じられる。生け花の「生」という言葉には、花と生活、花と生命とのつながりが感じられる。

生け花というにせよ、華道という言葉を使うにせよ、花を生ける行為も、一つの芸術と考えると、美術、文学、音楽などと違って、生きている植物を材料としているところに大きな特徴がある。しかも、いったん切り取った花や枝を用いて、別の次元で、生命の再生を実現しようとしている。

自然の中に存在していた植物と人間との関係を、花を生けることで新たに再構築することに他ならない。生け花は、まさに、日常生活における、自然の再生なのだ。

震災復興の過程で、よく再生という言葉が使われるが、ここでも、単なる復元ではなく、新しい形での人間と自然との共生を実現しようとする意気込みが感じられる。そこでは、まさに、人間生活の再生が、自然の再生と並行して行われようとしている。

生け花の精神は、こうした再生の精神ではないだろうか。


（２０１３・３・25）

「維新」の真の意味

「維新」というと明治維新を思い出す。しかし、昨今、平成維新とか維新の会などという言葉も使われるところを見ると、維新という語にこめられた複雑なニュアンスが、人々にあらためて意識されているのではないかと思えてくる。

そもそも、維新という言葉は、中国の詩経にある言葉で、すべてを新しく改めるという意味であることは、よく知られている。

では、なぜ、明治維新を英語ではメイジ・レストレーション（回復）とよぶのか、と自問してみると、維新という言葉の深い意味合いが分かってくる気がする。

維新は、急激な変動や天命が尽きた王朝や政権の交代を意味する革命とは違う。すなわち、維新には、どこか、本来の姿へ帰ること、あるいは、いろいろな事柄の意味を原点にたちかえって考え直すというニュアンスがある。

このことを、真剣に思い出させてくれたのは、近年のイスラム復興運動について解説した、あるイスラム学者の意見だ。

この人によると、近年のイスラム復興運動は、イスラム革命などともよばれてはいるが、多くの場合、その本質は、イスラムの原点の復活であり、原理を新しく見つめ直すことであって、いわばイスラム維新であり、日本の明治維新と同じく、決して、時代遅れの流れでもなく、近代化に真っ向から刃向かうものでもない、という。

たしかに、多くのイスラム復興運動を叫ぶ人は、欧米で西欧型の教育を受けた人も多く、単純に古いものにしがみつこうとする反動主義者とは思えない。

イスラムの下での近代化は、トルコからエジプトまで、イランからインドネシアまで、多くの国で起こってきたはずだが、何が革命で何が維新で何が復興なのだろうか。

（２０１４・９・22）

国語博物館

一〇月九日は、韓国では「ハングルの日」とよばれ、五百年ほど前に、世宗大王が創設したとされる表音文字たるハングルの記念日となっている。

この記念日に、ソウルの近郊にハングル博物館が開設された。ハングルの基本精神とも言われる天、地、人の三要素を念頭において、三階建ての建物となっており、そこには、ハングル文字の歴史から、ハングルタイプライターなどの器具、さらには、ハングルの教科書や教材なども展示されているという。

ハングル博物館の設立とあい前後して、韓国では、ハングル文字をデザイン化し、Tシャツやコップなど日常用品に産業デザインとして用いる動きが盛んになっている。現に、アルファベットとハングルを混在させたデザインのTシャツなどは、ヒット商品になっているようだ。

ハングル記念日には、ハングルの美術作品があちこちで展示されていたが、漢字とも、仮名とも違う、ある種の躍動感が漂っていておもしろい。どこか、自由、闊達な雰囲気が滲み出ており、いわば、文字が「踊って」いる。

そこへゆくと、日本の仮名、特に平仮名は、線と濃淡によって、ある流れをつくり出しており、文字は「舞って」いるようだ。

日本でも、漢字や仮名のデザイン化は昔からあるが、日本語教育の一環であった書道や書き方指導が、ワープロやパソコンの発達もあっていささか疎かになっているきらいがある。美しい文字を書き、それでお互いに手紙を出し合うこと、とりわけお礼状やお悔やみなどは、心をこめて送るものだから、タイプではなく手書きで出すといった心遣いがあってよいのではあるまいか。

仮名をユネスコの世界遺産に登録しようという動きもあると聞くが、まずは国語博物館を造ってはどうだろうか。

（2014・10・20）

者と人との違い

身体あるいは精神障害者を、何か「障害」を持つ人と概念化することは、差別や偏見につながりかねない、そもそも障害のある人たちは、「害」になる人ではないはずであり、「害」の字を用いることは問題だ―。そういった問題意識もあって、最近は「障害」という字を使わず、「障がい」として平仮名を用いる人が増えているようだ。

では、日本と同じ漢字圏にある中国や韓国ではどうか。

中国語では一般に「残疾人」という表現を使う。従って、障がい者のオリンピックたるパラリンピックは（オリンピックが中国語では奥運会なので）残疾人奥運会、略して「残奥会」という。

韓国の場合は、なかなか複雑だ。もともと、韓国語では、障害者のことは、日本と同じく「障害者」という字をあて、これを韓国語で発音してジャンエジャと呼んでいた。ところが、近年「者」を「人」に変えて、ジャンエインと呼ぶようになった。

韓国語でも、学者（ハクチャ）、記者（キジャ）というように、「者」をつける職業はあり、「者」という字そのものになにか悪い印象がこめられているとは思えない。おそらく、従来の言い方に付随する社会的感覚を改善しようとする意味があったものと思われる。その意味では、日本で「障がい者」と書き方を変えた背景と同じような事情があったとも考えられる。

しかし、歴史的事情はともかく、「者」を「人」に変えたことは、ある種の哲学を暗示しているともとれる。それは、「者」というととかく（昔から、亡者、くせ者などという表現があるように）特定の人々を区別し、特徴づける字句として用いられるきらいがあるが、「人」となると、皆同じ人間であり、そこに全ての出発点があるという意識を含意しているとも言えるからだ。

（２０１５・２・９）

地名ところどころ

地名は、固有名詞であるから、使う人によってその意味が違うこともないはずだし、本来、変わることもないはずだ。ところが、地名をめぐっては、結構、国際的違いや争いが見られる。その典型は、領土、領海にまつわるものだ。

日本では、竹島、尖閣諸島と言うが、韓国や中国はそれぞれ違った言い方をする。フォークランド紛争のフォークランドも英国はそう呼ぶが、アルゼンチンは、マルビナスと呼ぶ。韓国は、日本海という呼び名はやめろと言うし、中国は、東シナ海という表現を嫌う。

富士山のことを、欧米人は良くフジヤマと呼ぶが、これなどは、ほほえましい部類だ。

こんなことを思うのも、最近米国のオバマ大統領が、アラスカ州訪問の際、アラスカにある北米第一の高峰マッキンリーの名前を変えたというニュースを耳にしたからだ。

マッキンリーと言えば、一九世紀末から二〇世紀始めにかけて米国の大統領を務めた人で、アメリカのカリブ海やフィリピン進出をてがけた、オハイオ州出身の共和党の政治家だ。

アラスカの山にこの名前が正式に付けられたのは一九一七年らしいが、もともとは、アラスカがゴールドラッシュに湧いていたころ、共和党支持の誰かが、マッキンリー山と名付けようと言いだしたことに発する。しかし、マッキンリー本人はアラスカに行ったこともなく、地元と深い関係があったわけでもない。

時が経つにつれ、マッキンリー山の名前を変えるべしとの運動がおこった。オバマ大統領は、先住民の権利擁護を約束しており、そのせいもあって、「マッキンリー」を、先住民の言葉で「偉大なもの」を意味する「デナリ」に変えたと伝えられる。

地名にはいろいろな政治的思惑がからむ時もあるようだ。


（２０１５・９・14）

一行詩と心の温度

俳句にしろ和歌にせよ、日本古来の歌や詩は、中国、インド、ヨーロッパなどの詩歌と比べると、その短さに一つの大きな特徴がある。

そうした伝統を生かしたのであろうか、福井県若狭町では、毎年「一行詩コンクール」という行事を行ってきた。認知症のお年寄りへの心のメッセージなど、さまざまな愛の形をテーマに謳《うた》った短い詩を、若い人々を中心に募って、コンクールを開いているのだ。

今年の小学生部門の最優秀賞は、小学五年生の山本紗菜さんの作品だった。

一言で心の温度がかわるんだ
まほうのようにかわるんだ

この作品について、コンクールの審査委員長の俳優、秋吉久美子さんは、面白い批評をしている。

すなわち、この詩は、いわば下の句であり、読む人が上の句をつけくわえることができる。たとえば「だいじょうぶ?」と、つけることができる。皆が「心」にそれぞれ違った観点から参加して、この詩を「完成」させることができる、と講評している。

「だいじょうぶ?」に代えて「ありがとう」や「ごめんね」と言うこともできる。しかし、耳の不自由なお年寄りを考えると、「一言」は言葉ではなく、ちょっとした仕草や合図であるかもしれない。

また、「心の温度はかわる」と言う場合、誰の心の温度がかわるのだろうか。

一言を言われた人の心がなごんだり、傷つけられて悲しい思いをすることは自然だろう。しかし、「一言」は、その言葉を発した人の心をも実は豊かにしたり、あるいはなごませたり、また、時によっては後悔に悩ませたりするだろう。

人間の心の温度は、社会や自然が決めるのではなく、私たち一人一人のものであり、それも相手次第で高く、また低くなるのではないか。

（２０１６・10・31）

国歌とジェンダー

多くの言語では、名詞に男女の別がある。たとえば、フランス語でフランスという国名は女性名詞だが、日本という国名は男性名詞だ。その結果、「大統領」というときも、男性か女性かで言い方を変えることもある程だ。

ドイツ語も似ている（もっとも男女いずれでもない中性名詞もある）。そのドイツで今、日本から見ると奇妙な政治論争が起こっている。

ドイツ国歌のなかの「ファーターラント」（「祖国」という意味だが直訳すれば「父」国）、「兄弟」といった文句は、女性を軽視したジェンダー偏向であり、直すべきだと女性閣僚が言い出したからだ。

そもそもドイツ国歌は、元来三節からなる歌詞だったが、第一節に「ドイツ、世界に冠たるドイツ」という言葉があり、それがナチスドイツに「悪用」されたという経緯から、第三節のみを国歌として改めて制定した経緯があり、改定自体に抵抗感がないのかもしれない。

また、最近、カナダで国歌のなかの、「すべての息子」が抱く真実の愛国心、という文句を「われわれ全て」に変えた例もあることから、良い機会だとして提案されたのかもしれない。

しかし、そう言い出すと、イタリア国歌の始めの文句「イタリアの同胞よ」は、イタリア語では「イタリアの兄弟たち（フラテッリ）」であり、女性は「無視」されている。しかし、その先では「勝利の女神」と言っており、男性の神はどうしたということになる。

米国国歌も一つ一つ点検してゆくと、たとえば、「自由人（フリーマン）」はマン（男）を意味するから、女性もふくめて「フリーパーソン（人）」にせよといった議論に発展しかねない。

「君が代」の「君」は文法上は女性を含むとすれば、ややこしいジェンダー問題はないことになるが…。


（2018・3・26）

第十章　様々のお国柄と国際的視点 I

《二〇〇四―二〇一三》

加害者と被害者

ギターを丸くしたようなウードという楽器による音楽、上半身裸体の男のパントマイム、そしてイスラムの人がよく被る白い帽子と色鮮やかな腰巻きを着けた舞踊―イラクから来た演劇団の公演は、素朴で屈託がなかった。とても戦乱とテロ行為の続く国の劇団とは思えないほど、朗らかさと温かさに充ちていた。そこには、憤りや被害者意識は感じられなかった。

ところが、今なおイラクに限らず多くのイスラムの国々では、アメリカの力の支配に対する抵抗感やヨーロッパの植民地主義の歴史的圧迫に対する反発が強いため、自らを米欧の〝侵略的行為〟の被害者として位置づける風潮が強い。イスラムの国ばかりではない。中国や韓国も、日本軍国主義の被害者だという点を、とかく強調しがちである。

外国ばかりではない。日本の中ですら、沖縄の歴史を語る人々には、薩摩藩の支配、沖縄戦の犠牲、そして米軍基地の負担を挙げて、「被害者」としての沖縄ばかり強調する人が少なくない。

しかし、いつもいつも自らを被害者としてのみ位置づけるのは、果たして積極的思考方式であろうか。孫文を助けた日本の政治家もいれば、第二次大戦後、中国の解放に文字通り命をかけた日本人もいたのである。そうした人々のことは『友誼鋳春秋（意味は、友情は歴史を鋳造する)』(新華出版社、北京、二〇〇二年刊)という本にまとめられている。また、故・周恩来首相は、「中国人民も日本人民も共に軍国主義の被害者だった」と語っていたことが思い出される。

琉球史の見方も、琉球が自主的に、かつ巧みに中華帝国の秩序と日本の影響力の双方をバランスさせていたという観点を忘れてはなるまい。また、イスラム文明は、医学、音楽、天文学など多くを西洋にもたらしたのだ。

イラクの劇団員たちが、額に汗を流しながらも微笑みを浮かべて楽しそうに踊っているのを見れば判るように、真の世界平和は、単純な被害者と加害者の区分を超えたところにあるのではないか。

(2004・11・1)

トルコの天文学者の発見

トルコは東(中東)か西(ヨーロッパ)か――そんな問いが、今深刻にヨーロッパ中でささやかれている。それは昨年来、トルコの欧州連合(EU)加盟交渉に漸く青信号が出たからだ(勿論だからと云ってこの数年内にトルコが「ヨーロッパ」の一員になれるわけではなく、交渉は相当長い時期にわたると云われている)。

そうした背景もあって、ヨーロッパのあちこちで、トルコの欧州連合加盟の是非をめぐった論争が起きている。例えば国際自動車レースで有名なフィンランドのレーサー、バタネンは、トルコの欧州連合加盟賛成論を公にぶって物議をかもしたりしている。

トルコの加入をめぐってヨーロッパ中が激論を展開している裏には、ヨーロッパとは何かという自己規定の問題がひそんでいるからだ。

欧州連合加盟国が二十五カ国に増えた今、ヨーロッパ精神とは何なのか、各国共通の伝統や精神は何なのかが今まで以上に問われている。そうなると、キリスト教の伝統とか、かつての植民地支配の歴史とか人権と自由の概念と云った、「ヨーロッパの伝統や精神」が今まで以上に強調される。トルコは果たして他のヨーロッパ諸国と、こうした伝統や精神を共有しているのだろうか—懐疑派の人々はそう問いかける。

一方、トルコの加入に積極的な人々は反論する。「ドイツにはもう数百万のトルコ人が住みついており、フランスにもイスラム教徒は五百万近くいる。ヨーロッパの一部は、すでにかなりイスラム化しているではないか」と。

トルコにとって、「トルコはヨーロッパか中東か」という問いが突きつけられているように、ヨーロッパにとっては、ヨーロッパは何かという自己の再定義が問われている。

サンテグジュペリの有名な童話、『星の王子さま』のふるさとの星、Ｂ６１２を見つけたのは、トルコの天文学者だったということになっている。ヨーロッパとトルコが、共に一つの「ふるさと」を形成する日のことを、サンテグジュペリは心のどこかで感じとっていたのだろうか。

（２００５・１・24）

医者と病気と国益

平家物語の中に「医師問答」と云うくだりがある。平重盛が病気になったが、祈禱も治療もしていないと云うので、父の清盛が心配し、折から来日していた宋の名医を召し請じて治療してはどうかと持ちかけた時の話である。

重盛は、清盛からの使者に対して、漢の高祖が病を得た際、命は天にありとして医者にかからなかった例を引きながら、外国の医者にかかるのは国の恥であり、政道の衰えを示すもので、自分（重盛）は、たとえ一命を失っても国の恥となるようなことはできず、宋の名医なる者を招くつもりはない、と云ったとされている。

この重盛の態度については、古来次のような解釈がある。すなわち、平安時代においては、異国人は一種の穢れ、あるいは不吉をもたらすものとされ、宮中はもとより、都に外国人を入れることすら忌み嫌う風潮があった、と云うのである。現に源氏物語の「桐壺」の巻でも、桐壺帝が御子（光源氏）を高麗の人相見に見せるにあたり、高麗人を宮中に招致するのではなく、高麗館に御子を連れて行かせていることも、外国人を宮中に入れないと云うタブーのせいだとされている。

しかし、重盛が宋の名医を断った本当の理由は、別のところにあったのかもしれない。外国人に、首相並みの重要人物の病気の治療をさせることは、国家機密の漏えいにつながり、政治や外交の駆け引きに利用されるおそれがあるからだ。

国家の中枢にある人々の病は、政局、外交、そして国の運命を左右することがある。例えば、一九七二年の日中国交正常化交渉の際、周恩来氏はガンの闘病中であり、これが正常化交渉を急ぐ一つの契機となったとも云われている。

云ってみれば、政治においては、病気治療においても「国益」を考えねばならぬ時があるということである。そうとすれば、重盛が「国の恥」と云った時の心境も、外国人をタブー視するという平安時代の意識云々をこえた、もっと合理的な、政治的計算によるものだったのかもしれない。

（2005・3・7）

十八インチの誇り

「大英帝国」―かつて七つの海を支配した大英帝国も今や、ロンドンのバッキンガム宮殿の護衛兵の交代式や王室のスキャンダルに名残をとどめているにすぎないように見える。しかし、意外なところで「大英帝国」は厳然と存在している。

それは今日の日本ではほとんど聞くことのない言葉「英連邦」（コモンウェルス）に生きている。例えば、カナダやオーストラリアの元首は、英国の女王陛下が任命する総督である。総督（ガバナー・ゼネラル）のみならず、オーストラリアでは州知事（ガバナー）も、女王の任命である。

そのオーストラリアで、ビクトリア州知事公邸に招待されて驚いた。

この公邸は、巨大な庭園に囲まれた「宮殿」である。そこに四十二メートルの長さを誇る、巨大なボール・ルーム（舞踏室）があり、一八七六年、この建物の落成を祝う舞踏会には千四百人の「紳士淑女」が集ったという。しかも、このボール・ルームは、英国王室の居城バッキンガム宮殿のボール・ルームより十八インチ（約四十五センチ）だけ広いのだ。

十八インチの差―それは、遠く離れた「母国」英国に寄せるオーストラリア人の限りない憧憬を暗示している。しかし同時に、このわずかの差の裏には、一九世紀後半のゴールドラッシュで富と繁栄を築いたビクトリア州の誇りと自負がこめられている。

同じことは、東京タワーについても云える。エッフェル塔より約三十メートル高くした東京タワーは、フランス文化、ひいてはヨーロッパ文化に対する日本の歴史的憧憬の象徴であり、また、その三十メートルの差は、ヨーロッパに追いつき追い抜こうとした日本の誇りと自負のシンボルだったのかもしれない。

十八インチの差を、背伸びや劣等感の表れとして嘲笑することは、やさしい。しかし、十八インチの差に、実は国民の願望と決意がこめられていたとすれば、それを皮肉っぽく批判する者は、豊かな社会を建設するための国民一人ひとりの努力を嘲笑する者と云えるのではなかろうか。

（2005・3・14）

元使塚詣で

白い波と青い海、サーフィンに乗る若者とビキニ姿の女性たち。明るく開放的な江の島海岸。その海岸と、江ノ電の線路を隔てた山側の一角に常立寺と云う日蓮宗のお寺がある。

寺の境内には、いわゆる元寇、蒙古の襲来に先だって、日本を宣諭する（蒙古に従うよう説く）ための特使として来日した元使、杜世忠と副使、何文著ら一行五人の墓がある。フビライの命を受けて、朝鮮半島を経由、来日した杜世忠は、出身から云えば蒙古族ではなく中国東北の女真族の出身と云われている。

杜は、蒙古に雇われて立身出世を望んだ官吏だった。杜が日本へ派遣されたのも、本人のそうした野心なり意欲も関係していたのだろう。

しかし、杜は、その交渉能力を発揮する機会もなく、九州から鎌倉へ護送されると、滝ノ口で北条時宗の命により処刑されてしまった。

蒙古から強迫され、侵略さえ受けていた当時の鎌倉幕府からすれば、日本侵略のお先棒をかつぐ特使を処罰して、日本国内と蒙古に対して、幕府の断固たる姿勢を示すことは当然のことであった。しかし、舌先三寸で、何とか日本を服従させようと張り切ってやってきた杜世忠にとっては、返す返すも無念の死であったろう。

杜はその思いを辞世の詩に記した。七言絶句の最初の二行は、

　出門妻子贈寒衣
　問我西行幾日帰

と書かれ、出発にあたっての妻子との別れをしのんでいる。

こうした元使の心の中の人間性に注目したのか、元使処刑から六百五十年後、常立寺境内に元使の霊を慰める慰霊塔が建てられた。見事な狛犬と球を抱いた燈籠の右脇にある石柱には杜世忠の辞世が彫られ、正面の石碑には南無阿弥陀仏と印されている。

中国（元）の日本侵略の先兵となった人々をこうして供養しているのを見ると、罪を憎んで人を憎まず、と云う仏教の教えが伝わってくる。

第二次大戦の戦犯といわれて処刑された人々に対しても、一人の人間として、その霊をなぐさめようという気持ちに、侵略を受けた方の人々が思えるようになるには、六百五十年かかるのであろうか。

（2005・10・17）

「慎重に」は慎重に

「ヨーロッパ諸国が中国に武器を輸出することは控えてほしい」―。

一年ほど前、対中武器輸出問題が騒がれていた時のことである。日本の外務大臣がフランスの外相に強く迫った。

すると、フランスの外相は、（一説によるとややわざとらしさをにじませつつ）驚いた顔をして、「日本は欧州連合が天安門事件以来控えていた対中武器輸出の再開を決めることに最終的には反対しないと理解していた」との趣旨を述べたという。

それはおかしい、と双方が過去のやりあいを調べてみると、日本側が、先立つ数カ月前、対中武器輸出は「慎重にしてほしい」と云ったのをヨーロッパ側は、日本は最終的には反対しないととったらしい、というのだ。

日本が云った「慎重に」という言葉を、向こうは「反対はしないが用心深くやってくれ」というようにとったらしい。

ここで、「通訳の訳し方に問題があったのだろう」とか、「もともと日本人がはっきり云わないから誤解が生まれたのだ」と片付けるのはやさしいが、外交交渉はそんな単純なものではなかろう。

日本が実は対中武器輸出には反対であるということを、「外交的」には「慎重に」という言葉で伝え、ヨーロッパ側はその意味を百も承知の上で、あえて日本の「反対」を無視し、それをあたかも、日本側との意思疎通上の誤解の結果のように扱うという、外交手段をとったのかもしれないのである。云ってみれば、これは外交的カブキ芝居である。

問題は芝居の筋書きについて双方がどういう見方をしていたかである。

もしかすると日本にしてみれば、いくらこちらが反対してもヨーロッパはやる気になればやるだろう、従って根本的な日欧対立にならないためには、あえて「反対」と言わず「慎重に」と云っておいて、最後の逃げ道は相手に与えておきたかったのかもしれない。

ヨーロッパもそこに救いを求めて「慎重に」検討したふりをして結局対中武器輸出を再開することにしようとしたのかもしれない。そうなると、このカブキ芝居は実は、日欧共同制作だったことになる。

いずれにしても、「慎重に」という言葉は慎重に使わなければならないということだろう。

（2006・1・16）

「真実」の博物館

ミュージアム―博物館や美術館―というと、マンモスの展示や工芸品、美術品の展示を思い易い。しかし世の中には別の種類のミュージアム、一種の記念館といったものも多い。

例えば広島の原爆資料館や鹿児島知覧の特攻平和会館も「ミュージアム」の一種だ。こうしたミュージアムは私たちの歴史の認識と民族の記憶のためにも必要であり、またそれを見学する意味は深い。

米国ロサンゼルスにある全米日系人博物館は、日本人として必見の場所だ。そこには第二次大戦中、米国人でありながら日系人というだけで財産を取り上げられ、全米各地の強制収容所へ入れられた日系米国人の苦難の歴史が写真や資料で展示されている。隙間のあいた強制収容所のバラックの一部が原物のまま展示されているかと思えば、収容所の中で日系人が作った将棋のコマや各種の工芸品も収められている。

しかし、迫害と苦難以上に実はもっと深刻な、日系人の心の中の葛藤の歴史が説明されていることこそ、最も印象深い点だ。

例えば、米国に忠誠を誓って欧州戦線に従軍しそれによって米国への忠誠の証しを立てようとした人たちがいた一方、自分自身の中で人種差別を行っている国が、どうして世界の民主主義のために戦っていると云えるのかといって、兵役を拒否しつづけた日系人たちがあり、この二つのグループの間の亀裂は、日系人の心の中の葛藤と真の苦悩として今日まで尾を引いていると云われる。

本当の苦悩とは迫害を受けたこと自体ではなく、むしろ自らの信念と忠誠心が、自らの国によって踏みにじられ、それでもなお、その国の掲げる理想を信じて生き抜こうとする苦悩なのではあるまいか。

日本の多くの特攻隊員も実は戦争の勝利があり得ないことを知っていたにも拘わらず、彼らは自らの命を国のために潔く散らした。その時の彼らの心の中の隠れた苦悩に目を向けねばなるまい。

歴史の真実に迫るためには、単に迫害や苦難を認識することではだめである。歴史の本当の真実とは、外から加えられた苦難よりも、むしろ個人個人の心の中の葛藤の歴史の中にこそ存在するのではあるまいか。


（２００６・２・13）

勝者の反省

第二次大戦中、硫黄島をめぐって繰り広げられた日米間の戦闘と、それに巻き込まれた軍人、兵士たちの人間模様を描いた映画が、日本、米国双方で最近話題になった。

それにつけて思い出すのは、硫黄島が一九六八年、日本に返還される時に起こった日米間のちょっとした論争だ。米国は、硫黄島の戦いの勝利を記念して建てた記念碑の上に翻る米国の国旗を、硫黄島の日本への返還後もそのまま維持することに固執した。日本側は、星条旗が今や日本の領土となった土地の上に、米軍の勝利の象徴として翩翻《へんぽん》と翻っていることに反対し、日米間の論争となった。

ところが折も折、硫黄島を台風が襲い、風によって旗は吹き飛ばされてしまった。それが契機となって、旗自体は掲げないが記念碑を残すことで日米間の合意ができたと聞いている。

このエピソードはいろいろなことを考えさせるが、そもそも戦争の勝者が勝利の記念碑を建て、敗者が戦争の犠牲者を悼む式典を毎年繰り返すという慣習自体に問題があるのではなかろうか。

勝者は、勝った戦争を通じ相手国の無辜《むこ》の国民にいかほどの犠牲を与えたかを反省し、敗戦国の国民の犠牲を悼む碑を建立すべきではないか。第二次大戦でいかに多くの一般市民が、米軍の行為によって死んでいったかを考えて、米国が率先して一般市民の犠牲碑を（亡くなった米軍兵士への鎮魂碑と併せてでもよいから）建立するぐらいの、勝者としてのゆとりと真の反省があってよいのではないか。

勝者が、敗者に与えた損害と心の傷あとに思いをはせ、敗者はまた、勝者が勝者たり得た深い理由に敬意を払うことが、戦争の真の反省なのではないか。敗者が戦争を厭い、戦争の犠牲を強調し、勝者が正義の勝利を誇っているようでは、真の世界平和は到来しないともいえよう。

広島の原爆犠牲碑をアメリカが建立する日こそ、米国の真の勝利の日ではないか—そうつぶやくアメリカ人がいる一方、それだけの深い思いをもって、硫黄島の勝利の記念碑の上に星条旗を立てることを、こちらから言い出し得る日本人はいるであろうか。

（2007・7・30）

南北会談のワイン

岩に砕ける波の絵を背にして、いかにも豪華なテーブルに何本ものワインが、あたかもテーブルの飾りつけの一部のように置いてある。

新聞の写真からではラベルは見えず、どんなワインかはよく分からないが、うしろからうやうやしくワインのびんをさし出しているウエイター（ソムリエ？）の真剣な顔つきを見ると、どうやら高級ワインらしい。

こんな想像をかきたてたのは、この間平壌で行われた、金正日《キムジョンイル》総書記と盧武鉉《ノムヒョン》大統領との南北首脳会談の際の宴会の写真だ。

拡大鏡で写真を点検したり、韓国の新聞記事を参照したりしてみると、この宴会で、金正日総書記が韓国の大統領のために供したワインは、フランスのブルゴーニュ地方のワイン、コート・ド・ニュイと、ボルドーの名酒シャトー・ラトゥールであることが分かった。

フランスの二大ぶどう酒生産地のブルゴーニュとボルドーの双方を合わせて出すところなどはなかなか気が利いている。おまけに、この時供されたブルゴーニュワインのコート・ド・ニュイは、とりわけカモ料理などと相性がよいとされているお酒だが、ちょうどこの宴会の際の料理には中国風のカモが出たと聞いており、ワインの選び方に通の「味」が利いている。

加えて、ワインの選択には、「政治的」意味もありそうだ。ラトゥールの生産地は、名高い百年戦争の地で、かつてはここをめぐって英仏両国が争ったところだ。今は平和なブドウ園の広がるこの地方の歴史を秘めたラトゥールに、北朝鮮は、あるいは戦争終結の希求をこめたとも考えられる。

さらに、プロトコール（礼法）上の問題もある。かつて盧武鉉大統領の前任者の金大中《キムデジュン》氏が二〇〇〇年に平壌を訪問した時、金正日総書記が供したワインはやはりラトゥールだった。盧武鉉氏に別のワインを出すと、フランスワインは格付けにやかましいので、どちらの大統領をより上位に接遇したうんぬんの議論もおこりかねないところだ。

こうしてみると、今回の南北首脳会談におけるワインの選択にはいろいろな「政治的」思惑がからんでいたようにも思われる。

（2007・10・22）

「煙」の功罪

空港、列車の駅、図書館や美術館―いわゆる公共の場所での禁煙は、いまや世界中で常識になりつつある。

ヨーロッパでは、「公共の場」はさらに広がって、レストランやカフェに及び、今年からあのカフェ文化の牙城フランスでも、カフェ内での喫煙は、「法律で」禁じられ、喫煙した人はほぼ一万円にあたる（あるいは時としてはそれ以上の）罰金を科せられるらしい。

しかし、どこでもいつでも習慣、とりわけ、「文化的」「社会的」な伝統を改めることには抵抗がある。面白いのは、その抵抗の理屈である。いかにも自由、平等をうたったフランス革命の地らしく、自由な言論の巣であるカフェで、アルコールはＯＫといいながら、たばこを吸うのはいけないというのは自由の侵害だというのだ。

カフェを禁煙にするというのは、排ガスが出るから車を公共の場所で運転するなというのと同じ理屈だといって、堂々と新聞に論説をかかげる人もいる。

そうかと思うと、カフェでの禁煙実施は、平等に反するという人もいる。大きなホテルやキャバレーなら別の特別のスペースを喫煙者に作れるのに、小さなカフェではそれができないから不平等だ、という。とりわけアラブ人の経営する小さなカフェでは、アラブの水たばこが禁じられては経営はなりたたないと抗議の声が上がっている。

中には、そもそも、たばこの煙やシガーの香りこそ芸術や知的活動の刺激であって、それをカフェからしめ出すのなら、たばこ好きで有名だったカミュやブリジット・バルドー、さてはシガーをくわえてこそ様になったチャーチルやカストロのような人々は、今後出て来なくなると警告する知識人まで出る始末だ。

何事にも個人主義でゆきたがる社会ではカフェの禁煙論争は、にぎやかだが、一体そうした論争が昔のようにカフェでたばこの煙の中で行われなくなっても、なお別の場で激しく行われているとなると、煙の効果もいささかあやしい煙となりそうだが…。

（2008・1・28）

幸せの指標とは

「幸せの指標」といったことがささやかれている。

ロンドン大学のレイヤード教授が開発した「幸せの指標」によれば、国民所得の高い先進国ではおしなべて、自分の生活を幸せ（あるいは満足）と答えた人の比率が貧しい国に比べて高いという。米国、日本、北欧の国々などだ。

一方、主観的な幸せの指標ではなく、もっと客観的に見ようと、「泰平（ピースフルネス）の指標」を算出する試みもある。同じ英国の雑誌「エコノミスト」だ。この指標は、犯罪率や刑務所に入っている人の数、隣の国々との経済依存度、武器輸出の額といった、各種の数値をくみあわせたものだ。これによると北欧諸国や日本は国際的に上位に位置するが、米国はイラン並みで世界でも百番目に低い順位になってしまうという。

また、面白いことに、レイヤード教授の「幸せの指標」の表では、一人当たりの国民所得の低い国でも、国民が満足ないし幸せと感じている国も少なくない。例えばインドネシア、コロンビア、ナイジェリアなどだ。

ばかばかしい、だから「幸せの指標」など無駄だという人もあろう。しかし、統計をじっとにらんでいると、ある事に気づく。

一つは、金持ち国では、客観的に見て、その国が「泰平の国」かどうかは別として、ともかく国民の中で主観的には現状を不満に思っている人々の比率は低いということだ。人々はお金があると、本当に幸せかどうかは別として、何となく自己満足に陥りやすいということを暗示しているかのようだ。

そうとすれば、「幸せの指標」よりも「泰平の指標」をもっと大切にすべきで、お金をもって自己満足的な幸福感に陥ってはいけないと警句を発することも依然意味あることのように思える。

加えて、「幸せの指標」の高い国は皆どこか似たりよったりなのに気づく。日本とヨーロッパを比較してもそうだ。しかし、「幸せの指標」の低い国は、ロシアからバングラデシュ、タンザニアまで、世界中にちらばり、千差万別だ。

トルストイの言うように、幸せな家族は似たり寄ったりだが、不幸な家族は、おのおの特有の理由で不幸なのであろうか。

（２００８・２・４）

もうひとつの真実

アフリカ大陸のコーヒーの産地、カメルーン。そこの首都で、日本とアフリカのジャーナリストの会議があった。カメルーン出身の新聞記者で、かつて国際交流基金の招きで訪日したグレゴワール・ンジャカ氏が音頭をとった会議だ。

アフリカのジャーナリストは、日本を訪問して何を一番感じたか。

いかに日本におけるアフリカ報道が少ないか、そしてアフリカはいつも紛争と貧困の場として描かれているにすぎないということだった。

アフリカ人の日々の生活や楽しみや考え方は、そうした報道からは伝わってこない。

しかし、ひるがえって、アフリカにおける日本についての報道はどうか。ソニーの赤字転落やトヨタのハイブリッドは知られていても、日本の文化や社会についての報道はほとんどないという。

アフリカだけではない。中東についても、日本での報道は、パレスチナ紛争やイランの核問題やアフガニスタンのゲリラの問題ばかりだ。中東での日本についての報道もバランスがとれているとは言い難い。

世の人々は奇妙なことや非日常的なことに好奇の目を向けるから、世界のマスコミが、紛争やテロや犯罪を報道してやまないことは一見当然に思える。しかし、実は我々は、世界をかけめぐる巨大なメディアに踊らされていないか。

知らず知らずのうちに、世界中でアフリカは前近代的社会であり、中東は紛争の火薬庫であり、日本は依然としてどこか西洋とは異質な社会であるというイメージが増幅されていないか。そうとすれば、我々は、その裏にある「もうひとつの真実」にもっと目を向ける方法を考えなければならないのではあるまいか。

（2009・5・11）

見えない偏見

「女の浅知恵など」という女性に対する偏見または固定概念、「外国人移民は治安悪化の源だ」といったような異民族に対する偏見は、時には政治外交問題に発展する場合も少なくない。

しかし、あからさまな偏見はそれだけに、政治的抑止や社会的制裁も起こりやすい。いわゆるPC（ポリティカリー・コレクト）といわれる慣習が定着しつつあるアメリカの知識階級の人々の間では、偏見や固定概念は私的な酒飲みの場などに限定され、それも冗談の中でいわれる程度にすぎないという。

そうなってくると本当にこわいのは、本人たちも全く気づいていないようなところから生ずる偏見や固定観念が、相手を傷つけることがないかどうかということであろう。

このことを深く考えさせた「事件」の一つに元横綱朝青龍関の行動に対する日本人の反応がある。

朝青龍関が、「横綱にあるまじき」行動をしたといって批判された際、朝青龍関が弁明、謝罪するよりむしろ沈黙を守っていることを見て、反省の言葉がない、と非難した人々がいた。しかしモンゴルの風習では謹慎するということは沈黙することだという伝統があるらしい。また、朝青龍関が土俵にキスしたことをもって、神聖な土俵を汚したなどと批判した人々がいたようだが、モンゴルでは昔から自分にとって最も神聖で、大切なものにはキスをするという「アティス」の風習があり、朝青龍関は自分の命をかけた神聖な土俵だからこそキスしたというのが真相と聞く。

日本人がもっとモンゴル文化を理解していたなら、モンゴルの文化に育った朝青龍関に対して人々はもう少し寛容であり得たかもしれない。
我々の心の中には目に見えない偏見が自分たちも知らないまま隠れていることをわきまえるべきだろう。

（２０１１・１・17）

権力・権威・武力・金力

チュニジアの貧しい一青年の抗議の死と同情デモから始まった政治運動は、ベンアリ大統領の亡命と政権交代に至り、その波はエジプトに波及して、長年中東に君臨してきたムバラク大統領の辞任につながった。この一連の動きは一見独裁と抑圧に対する民衆の反逆であり、民主化運動の勝利に映る。

しかし、実態は複雑だ。とりわけエジプトの場合、問題は独裁そのものよりも大統領が軍を抑え（すなわち権力に加えて武力を掌握し）、かつ、保守的な宗教原理団体を抑えこんできたことに目を向けなければならぬ。そして、そのような「世俗的」政治を通じて大統領という地位に社会的「権威」を集中させ、またその地位に長くとどまることによってムバラク氏個人を「権威」そのものにしてきたことにある。しかも、その過程は、家族、親族とりまきの富の増大という「金力」の拡大と腐敗の道でもあった。

皮肉なことに、そうした権力、権威、武力、金力の掌握を背景としてムバラク大統領は、アラブ世界では珍しい「親イスラエル」外交を展開して「西側」の支持を獲得し、いわば「国際的権威」をも身にまとった。

いいかえれば、エジプトにおける権力、権威、武力、金力の独占状態は、アラブ世界とイスラエルとの間の緊張の増大を防ごうとする西側の「戦略」にとって好都合であったのだ。

権力、権威、武力、金力の四つの核の国内的結合の上に、実は「しくまれた」国際的結合があった。これまでの結合がエジプト国内でこれからゆるんでゆくとしたら、国際的な支持と支援がどこへ向かうのかは定かではない。

ただ一つ明らかなことは権力と権威と武力と金力という核の結合は国内的にはもちろん、国際的にも一層認めがたくなるということであろう。


（2011・2・21）

北京精神

二年ぶりに、北京を訪問した。全国人民代表大会が開催された直後だったせいもあろうが、街のあちこちにいろいろなスローガンが掲げられていた。

そのなかで、最も目立ったのは、「北京精神」という標語だった。

北京精神とは、愛国、創新、包容、厚徳の四つの言葉で表されていた。日本的表現にかえれば、愛国心、創造力、包容力、道徳心といったところだろう。

白地の布に赤い文字で北京精神の内容たる八つの文字が大きく書かれ、沿道いっぱいに張り出されているかと思えば、路傍の小公園に花模様で、描かれているものもある。北京の街中が、北京精神にあふれているかのように見えた。

一方、ネットで検索すると、市民の冷ややかな反応も多い。なかには、北京の街の交通渋滞や空気汚染の解決もしないで、北京精神などと謳うのは、まさに「創造的」考えだ、市民に我慢してくれというのが「包容」なのだろう。それに、幹部の腐敗が後を絶たない現状では、「道徳心」は、市民よりも指導者自身への呼びかけではないか。そういったつぶやきが、ネット上で流行しているらしい。しかも、ほらご覧なさいと言って、市民の反応自体を、苦笑しながらこちらに教えてくれるのも中国の友人たちだ。

そんな中国の状況を、皮肉っぽく笑い飛ばすのは易しい。しかし、よく考えてみると、そもそも、そうした運動を起こし、すくなくとも政府や共産党の指導層のかなりの人々が、真剣にこの運動を推進しようとしていること自体に目をむければ、笑い飛ばしているわけにはいかない。

愛国心という言葉すら忘れ去られているような日本の現状を見ると、市民の自発的啓発運動くらい進められぬものか。

（2012・3・26）

希望から必然へ

二〇二〇年に東京でオリンピック・パラリンピック（身体障害者の部門）を開催しようという、五輪招致運動は、先日、国際オリンピック委員会の派遣した調査チームが訪日し、競技会場やその候補地を視察したり、関係者と意見交換したことによって、まずは、五合目くらいまで、到達したようだ。

招致の主役たる東京都のみならず、政府、スポーツ団体、経済界などこぞって調査チームに歓迎陣をひいた。そうした歓迎行事の圧巻の一つは、東京は元赤坂の迎賓館で開かれた安倍総理主催の晩餐会だった。

安倍総理は、一九六四年の東京オリンピックとそれが日本に残した貴重な「遺産」にふれ、同時に、二〇一一年の大震災から立ち直る日本の姿を世界に見てもらい、その体験を皆と共有したいとのべ、東京招致の意義を強調した。

この晩餐会には一つ、隠れたエピソードがあった。

総理の演説のもともとの草稿は、しかじかの理由から、東京が五輪開催都市に「選ばれるべき」と思う、となっていた。しかし、百名前後の国際オリンピック委員の投票によって決まることとなっている、開催都市の選定に、「選ばれるべき」といった必然的表現を使うのは、押し付けがましい、「選ばれることを希望する」というべきだ、との声もあって、正式の演説テキストは、「希望する」という表現に変わった。

けれども、総理が実際晩餐会会場で行った演説では、東京が「選ばれるべき」という表現が使われた。テーブルに配られたテキストを見ながら演説を聞いていた、とある国際オリンピック委員会関係者にその違いを指摘されたとき、日本側は次のように答えたという。

「総理は政治家だ。選挙は勝たねばならぬ。その強い思いが、思わず、希望を必然に変えたのだ」と。

（2013・3・18）

夫人と「同伴者」

先般、オランド・フランス大統領が来日したときのことである。

天皇皇后両陛下主催の宮中晩餐会には、大統領「夫人」も出席した。ごく当たり前に思えるこの晩餐会には、実は微妙な問題が隠されていた。

それというのも、大統領「夫人」は、正式の夫人ではなく、あくまで「アコンパーニュ」（連れ合いまたは同伴者）だったからだ。

かつて宮中のパーティーに、正式の夫人でない女性を同伴して問題になった日本の俳優がいたが、昨今は正式に結婚しているかいないかで、招待するしないを決めるということは、稀になっているようだ。

そうはいっても、国家元首の「夫人」が正式の配偶者でも、内縁の妻でもなく、あくまで独自の職業と名前をもったパートナーとなると、その取り扱いは微妙だ。

招待された他のお客たちも、「同伴者」をどう呼ぶのか、当惑する。令夫人とも、奥様とも呼ばないとすると、本名（この場合は、バレリー・トリルベレールさん）をそのまま言うことになるが、結婚してないから、ミスあるいはマドモアゼルなのか、それとも、ミセスあるいはマダムというのか困ってしまう。

フランス本国でも、大統領「夫人」が、独自の職業をもち、結婚せず、「家庭」をつくらず、それでいて、社交や外交で大統領「夫人」なみの活動をすることについては、とかくの批判もある。大統領の「愛人」の活動費を税金でまかなうとは何事か、という声まであるようだ。

こうした議論の裏には、オランド大統領が、前の「夫人」セゴレーヌさんとの間に子供をつくりながら結婚しなかったことや、同性愛の結婚を法的に認めることに積極的だったという事情も働いている。

結婚とは一体どういう意味をもつものなのか、あらためて深く考えさせられる晩餐会だった。

（2013・8・5）

第十一章

様々のお国柄と国際的視点 II

《二〇一四―二〇二三》

日中韓三国対話

日本、中国、韓国の三国の知識人が集まって、三国の間で何が協力できるか、そのためにはどうしたらよいかを議論する国際会議が、四月中旬韓国のソウルで開かれた。

ちょうど、観光船が転覆して大騒ぎになる日とほぼ重なっていたが、こちらの会議は、大揺れすることもなく、むしろ、順調な航海だった。

しかし、その会議で、日中韓それぞれの代表が強調した点は、三国の協力の重要性については一致していたものの、中身のニュアンスは微妙に違っていた。

中国の代表は、経済が政治をひっぱることが大事だと述べ、三国の間の経済関係の拡大、深化を訴え、同時に、政治的体制の違いは違いとして受け入れるべきことだと主張した。そこには、世界的経済大国となった中国に対して、中国周辺の国々が経済的依存度を高めれば、政治的体制が違っても、おのずから中国の影響の下におかれるという計算があるように感じられた。

一方韓国代表は、北朝鮮の脅威に対する認識や、歴史問題に対する認識を三国が共有することが大切であるとの趣旨を述べたが、そこには、「東アジア」という大きな単位で韓国を包むことによって、韓国の国際的影響力をさらに大きくするという戦略が読み取れた。

それに対して日本は、民主、人権、自由といった政治的価値観の共有や、米国など域外国のアジアへの関与の程度と態様についてよく議論することが大事であるといって、とにかく三国の間、それも、国民ないし市民同士で「対話」すべきと主張した。

こうして、三国の代表の発言を比較すると、そこには、三国の間の違いが、微妙な形で浮き出ていたが、それだけに、三国の対話が大事なことを、あらためて認識せしめる会議でもあった。


（2014・4・28）

日中関係盆栽論

二年ぶりに北京を訪れてみると、街は抗日戦争勝利七〇周年記念のスローガンがいたるところに掲げられている。加えて、毛沢東思想万歳といった共産党の理念が真っ赤な文字で壁に書かれている。

その北京で、緊張ぎみの日中関係をどうやって改善できるかを議論する民間対話が、「東京—北京フォーラム」と題する会議で行われた。

その会議の合間、中国側出席者の一人で、日本についての理解も深い党幹部が、「日中関係は、盆栽のようなものだ」と、笑いながら言った。

水をやったり、日に当てたり、剪定したりしないと、だめになる。しかし、水をやり過ぎたり、日当たりばかり気にしたり、枝を切り過ぎたりしては、これまたうまく育たない。複雑な配慮が必要と言うのだ。

言い得て妙とはこのことかもしれない。それというのも、近年、日中対話が率直になっているのはよいが、相手をいたずらに傷つけるような発言も少なくないからだ。率直というのは、盆栽を日に当てるようなものだが、度が過ぎればかえって害をなすということだろう。

しかし、盆栽ではいささか小さく、こぢんまりとしている。日中関係には、もっと壮大なビジョンもほしいと、水をむけると、いかにも中国の知識人らしく、唐詩を引用した。

千里の目を窮めんと欲し、更に登る一層の楼

(遠方を見ようとするなら、塔のさらに上の階へ登らねばならぬ)

さらに登るということは、もっとしっかり過去の反省をしなければならぬという暗示なのか、それとも、いいかげん過去の話をやめて未来を見ようということなのか、と聞きただそうかと思ったが、それこそ水のやり過ぎになるかもしれぬと口をつぐんだ。

やはり日中関係には盆栽のように繊細な注意が必要だろう。

(2015・11・2)

要人警護の裏

来る伊勢志摩サミット（主要国首脳会議）では、要人警護や会場警備が大きな課題の一つとされているが、要人警護には、普通表に出ない隠された側面がある。

英国の公共放送ＢＢＣによると、最近行われた、英国女王主催のパーティーの席上、先般習近平氏の英国訪問の際、習氏の警護を担当した関係者に女王が言葉をかけられた。ねぎらいの意味であろうが、運が悪かったわね（バッド・ラック）、なにせ中国人は礼儀をしらない（ルード）と、ささやかれたという。

また、先月、要人警護のありかたをあらためて考えさせられる事件が、アフリカ中央部の国、カメルーンで起こった。

女性や子供への虐待に悩むアフリカで、現地の女性や子供への激励の意味もかねて、米国の国連駐在女性大使サマンサ・パワー氏が、カメルーンを訪問した。

郊外の難民キャンプを訪れる途中、大使一行のモーターケード（車列）は、テロなどの不慮の事態をおそれたためであろうか、六十キロを超える速度で村落を通過した。

見慣れぬモーターケードや上空のヘリコプターの音に、好奇心をかきたてられたのか、七歳の男の子が沿道の家から飛び出し、大使一行の車にはねられて死亡した。

パワー大使は、子供や女性問題のために、米国政府高官としては約二十年ぶりにカメルーンを訪問した。にもかかわらず、子供をまきこむ不幸な事故が発生したことから、かなりの外交的波紋をよんだ。

この事件は、要人警護には、実は、要人その人もさることながら、要人訪問の様子を見物しようとする「観衆」を守ることも警護の一環として含まれていることを示している。

また、先の中国首脳のエピソードは、警護の仕方と並んで警護される要人側の態度も、これまた重要なことを暗示しているといえよう。

（2016・5・16）

共和国の中の「帝国」思想

いわゆるG7サミット（先進七カ国首脳会議）が、つい先日、フランス南西部の都市ビアリッツで開かれた。

会議そのものは、いつも出されている長文の首脳宣言も発出されず、環境や貿易問題をめぐる米国と他の国との深い溝の存在もあって国際協調路線を打ち出せず、失望の声が世界あちこちで聞かれた。けれども、この会議が、場所もあろうにビアリッツで開かれたことが暗示しているものは何かについて、報道や論評はほとんど無かった。

実は、ビアリッツは、歴史的に特別な場所である。ここはナポレオン三世とその王妃ユージェニーにとって思い出の地で、ナポレオン三世は海岸沿いに広大な土地を買い取り、そこに豪華な離宮を建てた。

そもそもビアリッツは、風光明媚、気候温暖、交通の便よし、という所で、フランスのみならず、英国、スペイン、ロシアなどの王侯貴族のリゾート地として栄えてきた。今日もビアリッツの近辺に乗馬の施設が豊富であることは、過去の貴族社会の名残でもある。

その後、ナポレオン三世の離宮は、豪華なホテルに改造され、名高いシェフの作る料理とともに、お金持ちのリゾート施設として知られている。

こうして見ると、ビアリッツはまさに、「フランス帝国の豪華さ」を世界にそれとなく誇示するシンボルともいえる。

一体に、フランスは共和国でありながら、威風堂々たるパリ祭を演出し、大統領はかつての宮殿の一角に居を構えるなど、「帝国的」豪華さを誇示することを躊躇しない。

フランスでは、首脳なり有力政治家個人が庶民的であることと、国が帝国的豪華さを誇ることとは別と考えられている。これもビアリッツ会議が示していることの一つではあるまいか。

（2019・9・2）

邦人緊急避難の思い出

中国・武漢市でのコロナウイルスの流行に伴い、その地方に在留する邦人のいわば緊急避難のため、政府が特別チャーター便を仕立て、数百人規模の帰国を実現させた。

これを見て、私は五十数年前、大使館員として赴任先のパキスタンで携わった邦人の救出を思い出した。

一九六五年夏、インドとパキスタンの間でカシミール紛争を契機とした戦闘が始まり、パキスタンの最大都市カラチは灯火管制が敷かれ、夜間外出禁止、高射砲が響くという戦時体制の下に置かれた。在留邦人には帰国勧告が出され、民間航空会社の特別チャーター便が手配された。

しかし、第二次世界大戦後、こうした邦人救出は初めてだったことから、法制度や予算措置は整っておらず、航空運賃は全部自己負担となった。しかも、チャーター便とはいえ、戦時保険料金の加算もあって、通常より高い運賃であった。

在留邦人の一部からは、航空会社は緊急事態なのに採算ばかり考えるのか、そんな高い運賃は払わぬという声も出た。

中には、こういうときにこそ、現地に留まって日本人の意気を見せることが、パキスタンへの友好精神だと言い張って、残留に固執する商社マンもいた。さらには、現地妻がおり、日本に帰って別居中の女房に会うくらいなら、危険でも現地に残りたい、と言って政府の助言に従おうとしない男性もいた。

大使館の中でさえ、職員の妻子は帰国させるという決定があったにもかかわらず、病弱の夫を一人にはできないと、最後まで帰国に抵抗する女性もいた。

今や平和で安心・安全重視の日本にいると、戦争、災害、感染症などの「危険」が迫れば早く避難するに越したことはないと考えがちだが、現実に外国に住んでいる人たちにとっては、そう簡単ではないことも想起せねばなるまい。

（2020・2・3）

第三武漢作戦？

新型コロナウイルスによる肺炎の発生した中国武漢は、邦人の引き揚げのやりかたや企業活動再開時期の選定など、いわば、「武漢作戦」の対象となってきた。

思い出すのは、今から八十年程前、日中戦争の最中、南京をはなれ、当時の武漢三鎮―武昌、漢陽、漢口―に主力をおこうとした蔣介石軍の掃討をめざした日本軍の「武漢作戦」だ。

「皇軍」は、揚子江の要地たる安慶、さらに九江を陥落させて、武漢にせまるという軍事作戦を敢行したのだ。

その際、九江では、内戦の避難民があふれ、コレラの伝染が激しく、屍《しかばね》の腐臭が街々にただよう状況となった。

町を制圧した日本軍は、敵軍よりも伝染病と戦わねばならなかった。しかも、避難民の多くは、キリスト教の教会などに立てこもり、日本側のワクチンや治療をうけつけないという困難もあった。そうした状況下で、南京からかけつけた日本人医師たちと軍関係者の必死の努力で、数週間後には、コレラはなんとか収まったという（石川達三の戦記小説『武漢作戦』による）。

伝染病を制圧したのも日本軍ならば、揚子江の要地武漢を侵略占領したのも日本軍であった。この「第一武漢作戦」が終わった後、従軍して右足を負傷した兵士は、戦いに勝ったものの、残ったのは「傷ついた不自由な体ばかり」と悲痛な感慨にふけったとされる。

今回の事態も多くの犠牲者と傷痕を残すことは明らかである。在留日本人の引き揚げや、日本での感染予防、治療対策という、「第二武漢作戦」が一応終わったら、苦難をかかえた中国への支援は勿論、感染終息後の内外での復興支援になにができるのかも含め、協力と連帯の戦略、「第三武漢作戦」を、今から考えておくべきだろう。


（2020・3・9）

「風と共に去りぬ」論議

一九三九年に制作された映画「風と共に去りぬ」は、わが国でも多くのファンを魅了した。本家の米国では、いくつものアカデミー賞をとった「名画」として称賛されてきた。

ところが、白人警官が、黒人の首を押さえ付けて殺害した事件をきっかけにして全米に広がった黒人差別ないし人種差別に対する抗議行動は、差別の象徴とみられるものすべてを排撃しつつある。その一環として、「風と共に去りぬ」は、人種差別的作品であるとして、ネット上の配信を中止したり、劇場での上映を控える動きが出てきている。

この映画（そしてその基となった小説）は、奴隷の悲惨な苦しみを描いておらず、従順な奴隷と温情ある主人という図式の下での白人の恋物語であり、それこそ人種差別の現れだという見方が批判の中心のようだ。

日本では、古典映画の上映にあたり、「今日では不適切と思われる表現がありますが、原作に配慮してそのまま上映します」といった類いの断り書きがよくつく。

米国もそれに倣えばよいのだろうか。しかし、「風と共に去りぬ」への批判は、例えば黒人、障がい者、女性などへの蔑視的表現が不適切であるといったことを超えているように見える。

思うに、日本の時代劇映画では、得てして、正義の味方は、副将軍光圀、名奉行大岡越前、暴れん坊将軍吉宗であったりする。

しかし、封建時代において、庶民は、身分制度の下で苦難を受けているが、その苦難を将軍、副将軍、名奉行が救ってくれるという筋書きは、封建制度を是認するものであり、表現の適切云々を超えた問題だと言い出したらどうなるのであろうか。

米軍占領下で、時代劇映画は、封建主義を認め、民主主義に反するとしてとかく冷遇されたことが想起されるのだが…。

（2020・6・22）

米国大統領選見聞記

米国の大統領選の行方は、トランプ大統領が新型コロナウイルスに感染したこともあって、やや混沌とした状況になりつつある。しかも、テレビ討論をはじめ、選挙戦での論戦は、個人攻撃の要素が強く、しっかりとした政策論議は影をひそめ、政治的泥仕合の様相を呈している。

もっとも、この背後には、政治の大衆化と劇場化があり、一見泥仕合に見える情景も実は、当事者のみならず、ネットを含む現代のメディアをまきこんだ政治ショーにすぎないという見方もできる。

現代社会、とりわけ米国社会で顕著な、政治の大衆化と劇場化は、今にはじまったことではない。

米大統領選を現地で真面目に見聞したほとんど最初の日本人は誰あろう、一八七〇年代初期に米国に派遣された岩倉具視を特命全権大使とする使節団である。彼らは一八七二年の大統領選をつぶさに現地で見聞、体験した。

当時現職のグラント大統領が共和党候補、新聞編集者のグリーリー氏が民主党候補であった。当初民主党候補が優勢とみられ、民主党はグラント大統領を無能呼ばわりし、「大統領の任に堪えざる人物である」と非難してはばからなかった。

岩倉使節団はまた、選挙戦が至って派手で、集会、ポスター、看板に加え、両候補とも自分の写真を載せたシャツなどを売りだして気勢をあげていることに注目した。

選挙戦は、後半に入ってグラント陣営が有利となり、結局勝利を得たが、グリーリー氏は心労がたたったのか、心臓病で急死してしまった。

こうした経緯を見聞して、使節団は「西洋人は、その持論を達するに、畢竟《ひっきょう》（究極）の精神」をもって行い、「成らざれば生命すら損するに至る」とし、このように志を強くもって忍耐強くしていなければ、今の世で政治的成功はおぼつかないと結論づけた。

果たして、この教訓は今の世にいかされるであろうか。

（2020・10・12）

米国と中国、相照らす鏡？

「中国は、人権・司法の独立・権力の分立・選挙権を明白に拒否しています。国を統治しているのは、実は、単一政党であるどころか、ひとりの人間なのです」

そう言って祖国中国の政治を批判しているのは、二〇一五年ヨーロッパに「亡命」し、最近武漢におけるコロナ騒動の記録映画「コロナシオン」を制作した、演出家であり社会運動家であるアイ・ウェイウェイ氏だ（藤原書店の月刊誌『機』一一月号掲載の加藤晴久氏の寄稿による）。

新型コロナの影響で、世界が今後どうなるのかを考える時、騒動の原点ともなった武漢の状況の記録は、貴重だろう。同時に、コロナ騒ぎの発生と収束の仕方が、中国の政治体制とどのように連動してきたか、その強みと弱みをどのように明らかにしたかを見ることは、これまた世界の今後を考える上で大切だろう。

他方、アイ・ウェイウェイ氏の問題提起は、決して中国だけに限られないことに注意せねばなるまい。

人権といえば、民主主義の米国で「黒人の命も大切」（ブラック・ライブズ・マター）運動が広がっており、これはまさに人種差別による人権蹂躙《じゅうりん》があることを示している。

また、司法の独立は長らく米国の自由と民主主義を守る安全弁の一つとされてきたが、トランプ政権が大統領選間際に保守派の最高裁判事をいささか強引に指名するという「政治的行動」に出たことを見ると、司法の独立とは何かを問う人も出てこよう。

選挙制度についても、多くのトランプ大統領の支持者たちが、今もって、大統領選挙の不正を訴え、バイデン氏の当選を正式に認めようとしないのは、民主的選挙だけでは、正当性を完全に得られない危険を露呈したと言える。

こう見ると米国は、中国に対して自由と民主を説く資格があるのか疑わしいが、逆に自分のためにも対中批判を行う必要があるのかもしれない。

（2020・12・21）

シェークスピア劇と戦争

ロシアとウクライナとの戦争が長引くにつれて、戦争をテーマに取り上げた古典戯曲が、また話題に上りつつある。その一つは、シェークスピアの戯曲「ヘンリー五世」だ。

一五世紀初頭、フランスに侵攻したヘンリー五世は、北部のノルマンディーを制圧、フランスの王位継承者の地位まで手に入れるが、結局、フランスを併合するまでには至らなかった。ヘンリー五世は武勇に優れ、かつ名君であったといわれ、いささか独断専行的なロシアのプーチン氏とは肌合いが違うが、ちょうどロシアがウクライナ侵攻を始めたころに、ロンドンで「ヘンリー五世」の劇が上演されていたらしく、かつての英国王のフランス侵攻と比較された。この劇では、戦場が登場し、戦争が語られるが、作品中著名なシーンの一つは、フランスからの使者が、英国王に進物を届ける場面である。

使者は、英国が領地を要求していることに触れ、目下フランスには手に入るような土地はありませんと言上し、皮肉たっぷりに「宝物」を贈ると言って、数個のテニスボールを入れた箱を進呈する。英国王は、これに対して、今にこのボールを砲弾にしてお返ししようと言明する。

思えば、今年、英国ウィンブルドンの国際テニス大会は、ロシア選手の出場を認めないと発表されたが、シェークスピアの戯曲を思い出した人も多かったのではないか。

そしてまたプーチン氏の言動に似て、英国王も偽善的言辞を吐く。いわく「私はとてもフランスを愛している。どの村もどの村も自分のものにしたいのです」と。プーチン氏もウクライナがとても好きなのだろう。

戯曲は終末を伝えていないが、史実としては、ヘンリー五世は征服した地方での反乱に手を焼き、結局、領地の併合には失敗した。ウクライナ侵攻という現代の戦争劇も同じような結末を迎えるかもしれない。

（２０２２・５・２）

世界大戦は起こるまい？

ロシアのウクライナ侵攻の影響もあって、国際的な軍事衝突あるいは戦争への危惧が高まっている。それに呼応するように、軍事的抑止力の増強、同盟国の連帯強化、多国間の同盟への参画などに向けた国際的話し合い、首脳会談などが相次いで開かれている。言ってみれば、戦争の拡大や勃発を防ぐための話し合いが目立つ。

こうした状況の下では、ある戯曲が思い出される。フランスの劇作家で外交官でもあったジャン・ジロドゥの戯曲「トロイの戦争は起こるまい」だ。

戦乱の影が欧州を覆いつつあった一九三五年に書かれたこの戯曲には、戦争に関連して、いくつか、ハッとさせられる台詞が登場する。

一つは、民衆と政治的指導者との乖離《かいり》だ。

知将といわれたギリシャのオデュッセウスは言う。

「どんな戦争の前日にも、対立している民族の代表が、どこか静かな村で、ふたりだけで落ち合い、湖畔のテラスや、庭園の一隅で会談する」「そして、戦争は最悪の禍《わざわい》だという点で意見は一致する」「けれどもそこまでだ。破局をテラスから眺めている。それが権力者の特権だ」と。

今度のウクライナ紛争でも、国連の会議や首脳会談は戦火を止められなかった。

また、トロイの王妃エキューブは「戦争になれば法律は牢屋に閉じ込められるでしょ。だったら法律家も牢屋に入れておけますよ」と皮肉るが、まさにプーチン氏は国内でも、海外でも法の支配に挑戦した。

そして、この戯曲では民衆が憤って感情的になり、戦意をあおり、権力者もそれに流されてしまう。

世界大戦を起こさないためには、ともかくも指導者が話し合い、国際法を順守するよう取り決め、軍事的警戒を強めるだけでは不十分だ、何よりも、平和を望む民衆が冷静に結束し、国際的連帯を固めることが大事だ—この戯曲はそう訴えているのではあるまいか。

（2022・5・30）

人形使節の真の意義

長野市城山小学校で、一九二〇年代に米国から贈られた青い目の「人形使節」にちなみ、あらたに九年前贈られた人形を囲んで日米交流会が開かれたという微笑ましい逸話が本紙で紹介された（五月二四日付朝刊北信面）。

今回来日した米国人は、かつての人形使節の生みの親ともいえるシドニー・ギューリック宣教師の孫に当たる人のようだ。

もともとの人形使節は、おりから米国で高まっていた日本移民排斥運動による日米間の感情的緊張を、ギューリック氏が憂慮。渋沢栄一の援助もえて、日本の各地の学校に友情の使節として青い目の人形を贈ったものだった。

多くの土地では素直に友情の使節として受け入れられた。しかし外地の日本人学校にもと、満州（現中国東北部）に人形を届けようとすると、在留日本人の中から「日本移民を排斥する人種差別の国からの使節は人形であろうと受け入れられない」との声が上がった。結局、人形使節は満州まで行けなかったとされる。

その後、日米戦争がはじまると、米国の人形使節はいわば敵国のスパイにも等しいとされ、政府のお触れまで出て、青い目の人形は廃棄されたり、焼かれたりした。

ところがその中で、人形には罪はないと、政府の布告を無視してひそかに人形をかくして保存した人もあり、戦後、そうした人形が幾体か見つかって話題となった。その上、日本側が答礼として米国に贈った見事な日本人形が、米国で幾つも残っているのが見つかり、人形の受け渡しの地であった横浜で「里帰り展」が開かれたりした。

こうした歴史をふりかえると、人形使節は単なる友好の使節ではなく、国と国との諍《いさか》いをこえて、個人個人は、いかなるときも人間性を失ってはならない――という暗黙のメッセージを体現するものであったといえよう。

（2023・6・5）

秘めた外交シグナル？

外交というとどうしても、発表された文書や記者会見での発言、あるいは、当事者間の会談内容についての記録といったものに注目があつまりがちだ。

しかし、そうした「言葉」よりも、一見何ともない「非言語」の行動が、深い外交的意味をもつことも稀ではない。たとえば、天皇陛下が六月にインドネシアを訪問された際、ジャカルタの排水機場を視察したことに暗示される外交的意味である。

この視察は通常、陛下が運河の研究をはじめ水資源問題に個人的な関心があるためとみなされている。もとよりそうした理由も、この視察の背景にあったであろう。しかし、即位後初の外国親善訪問の場所や視察先には、重要な「外交的意味」がかくされていたとみることができる。

ヒントは両国の共通点にありそうだ。日本もインドネシアも水、すなわち海に囲まれた島国であり、南シナ海などでの海上交通の安全に共同して取り組むべき立場にある――。このことを、陛下の今回の訪問、そして「水」に関連する施設の視察が暗示していたのではなかろうか。

また、先日のブリンケン米国務長官の中国訪問についても、言葉には表れない、微妙な「非言語」上の外交シグナルが散見されたという見方が出ている。

たとえば、訪問の日取りである。ブリンケン氏の北京訪問の日は、ちょうど「父の日」にあたり、これは習近平主席が、国際的に注目をあびたブリンケン氏訪中の機会を利用して、中国国民の「父親」であるとのイメージを内外に投影しようとしたのかもしれない。

また、習氏はブリンケン氏との会談の際、横に並ぶ形や向かい合う形ではなく、習氏だけが上席に座る形を取った。これは、習氏の権威をことさら強調するシグナルだったともいう。そうだとすれば、中国外交のしたたかさの表れとも言えよう。

（2023・7・10）

インドの多元的思考に学ぶ？

昨今、インドがあらためて注目されている。中国をぬいて人口世界一になったとか、あるいは、コンピューターソフトの技術者の宝庫とみなされたりとか。米、中、ロシアのいずれとも是々非々のしたたかな外交を展開する国と見る向きもある。

そうしたインドの体質あるいはインド人気質について、よくわからないと思う人が多いようだ。インドは一方で日本などとともに民主主義の擁護を唱えながら、ロシアのウクライナ侵攻には目をつぶりがちである。中国の人権侵害への非難も控える傾向にあり、国内ではカースト制度という身分制が存続している。

考えてみると、インドは多元的、多様性に満ちた世界だ。公用語と憲法で認められた州の言語は計二十二あり、宗教もヒンズー、イスラム、ジャイナ、シークなど多様だ。そこからインド的多元性のある思考方式が生まれるのかもしれない。一つの見方に没入したり固執したりしない。

ある日本の学者がインドの大学で、日本経済の発展の要因について講義した際、イソップ物語のアリとキリギリスの例をあげ、こつこつ勤勉に働く勤労精神の重要性を指摘した。

ところがインドの学生からは、アリのように勤勉に働いてばかりいるのは利口ではない、問題はアリのためたお金なり食物なりを、うまくかすめとる知恵をもたなかったキリギリスにある—との意見をまじめな顔でぶつけられたという。

第二次世界大戦後、欧米は一斉に日本の侵略を非難した。そんな中、サンフランシスコ講和会議で、アジアの指導者の中には自国が解放されるとの望みで日本に呼応した人もいた—と欧米の植民地支配への批判をにじませる発言をしたのは、インドと歴史的に関係の深い隣国セイロン（現スリランカ）の代表だった。

世界中で社会の分断が進む今、インド的な多元的思考は貴重な「薬」かもしれない。

（2023・9・11）

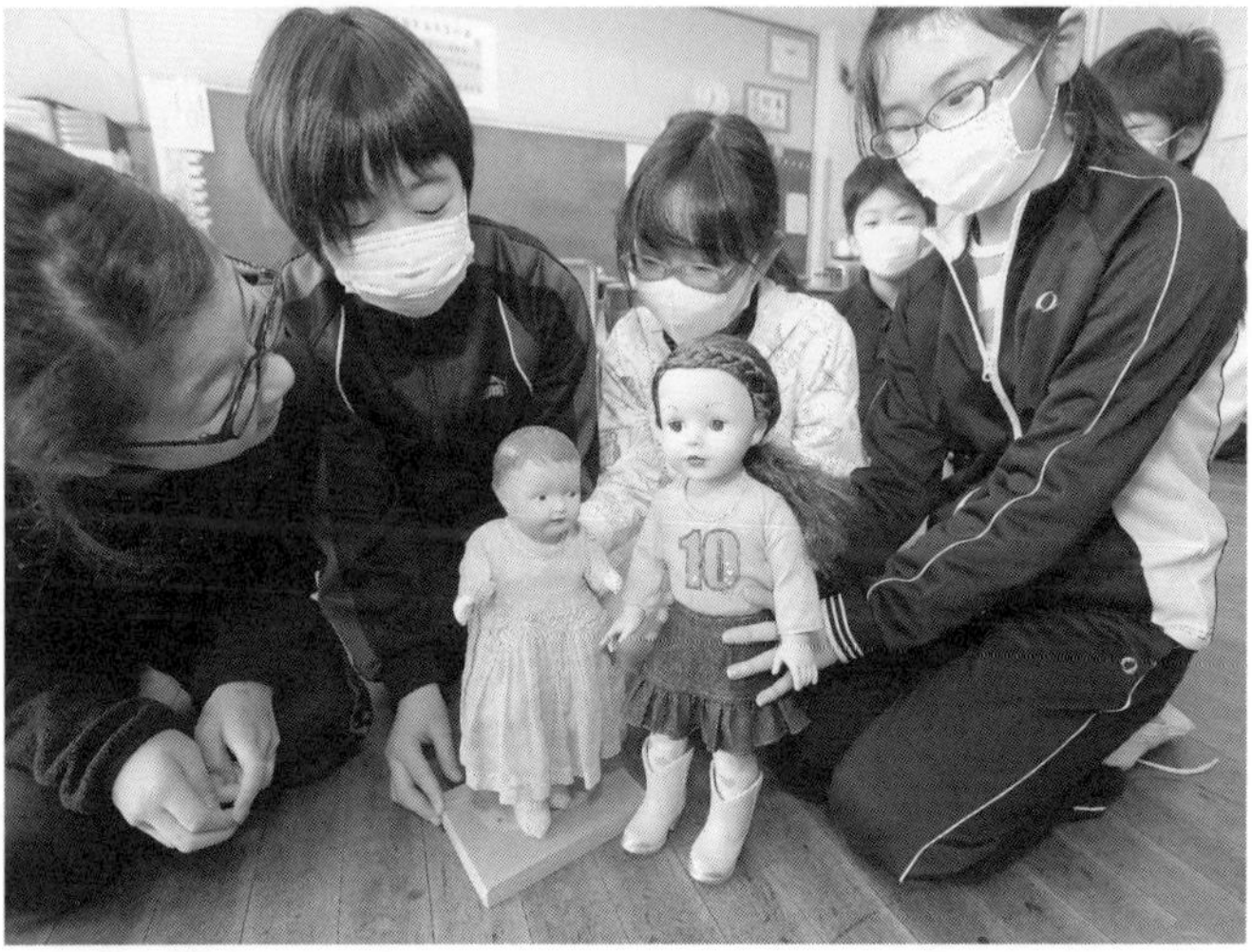

信州の南端、下伊那郡根羽村の根羽小学校で、シドニー・ギューリックさんの孫から贈られた人形「ニーナちゃん」（右）を囲む児童たち。左の人形「エミーちゃん」は1927年に日本全国に贈られたうちの一体。処分を免れて1970年代に校内で見つかり、校長室で保管されてきた＝2016年3月3日付・信濃毎日新聞1面掲載（327ページ「人形使節の真の意義」参照）

あとがき

ネット、パソコン、ケイタイ―情報化社会は、情報の氾濫、発信者と受け手の相克をもたらし、新聞やテレビの社会的役割の変化をもたらしつつある。

それと並行して、知的な総合雑誌の落日、論壇の矮小化、政治の大衆化をまねき、とかく世間は、知性と感性を磨くような議論をいっのまにか回避する気配が見られる。

けれども、信濃の土地には、伝統的に、文学、美術、音楽、演劇、そして、知的教養を重んずる風土が存在していたのではあるまいか。

著者が、こうした伝統を守りつづけている信濃毎日新聞の「今日の視角」に、ほぼ毎週寄稿してきたエッセイは、実は、こうした思いを秘めている。

隠れた思いの込められた本書は、約二十年近くにおよぶ寄稿のなかから、時評を越えて、意味のあると思われるものを、テーマ別に選別して、とりまとめたものである。

この書が、日常生活という日毎の「飯椀」に知的味付けをかけるささやかな「ふりかけ」になれば、望外の幸せである。

出版にあたり、元の寄稿文を全て見直してみると、句読点のつけかたなど、より読みやすくできると思われる箇所もいくつかあり、若干の訂正をほどこした。

また、数字については、新聞紙上では、編集方針に従い、アラビア数字を用いたが、書物となると、縦書きの文章に、１２３といった数字が縦に並ぶのは、違和感があり、和風の一、二、三という形にした。

ふりかえって、記事の内容に関係する事実の確認や、文章の修正など、「今日の視角」の編集をされた、信濃毎日新聞社東京文社の歴代担当者である、丸山訓生、山崎啓明、小池浩之、菊池憲生、中野弘之、加藤拓也、新家寛樹、島田誠の各氏に、あらためて、深く感謝したい。同時に、本書の出版を快諾された、メディア局次長兼出版部長山崎紀子氏ならびに本書の編集に多大のご尽力をえた伊藤隆氏に深堪の謝意を表するものである。

そして、著者が遭遇、面談した人々のみならず、数々のインスピレーションの源を下さった方々こそ、実は、本書の真の著者ともいえることを想い、陰ながら静かに、敬意と謝意を表したい。

令和六年四月

小倉 和夫

小倉 和夫（おぐら・かずお）
日本財団パラスポーツサポートセンターパラリンピック研究会代表、国際交流基金顧問、日本農業会議所理事、青山学院大学特別招聘教授。1938年東京生まれ。東京大学法学部卒業、英国ケンブリッジ大学経済学部卒業。外務省文化交流部長、経済局長、外務審議官、駐ベトナム大使、駐韓国大使、駐フランス大使、国際交流基金理事長を歴任。東京2020オリンピック・パラリンピック招致委員会評議会事務総長、日本財団パラスポーツサポートセンター理事長を経て、現職。
著書に『パリの周恩来—中国革命家の西欧体験』（1992年、中央公論新社、吉田茂賞受賞）、『日米経済摩擦—表の事情ウラの事情』（改訂版1991年、朝日文庫）、『「西」の日本・「東」の日本—国際交渉のスタイルと日本の対応』（1995年、研究社出版）、『吉田茂の自問』（2003年）、『日本の「世界化」と世界の「中国化」』（2018年、以上藤原書店）、『日本人の朝鮮観』（2016年、日本経済新聞出版社）、『フランス大使の眼でみたパリ万華鏡』（2024年、藤原書店）など。

装　丁　　近藤 弓子
編　集　　伊藤　隆

心の書棚　信濃毎日新聞コラム「今日の視角」から　下

2024年5月15日　初版発行
著　者　　小倉 和夫

制　作　　信濃毎日新聞社 メディア局 出版部
〒380-8546　長野市南県町657
TEL026-236-3377　FAX026-236-3096
https://shinmai-books.com/
印　刷　　信毎書籍印刷株式会社
製　本　　株式会社渋谷文泉閣

ISBN978-4-7840-8852-2　C0095

定価はカバーに表示してあります。